Le Zal

Hélène Rumer

Le Zal

roman

PEARLBOOKSEDITION

À Delphine, Wilfried et Dieter

« *Bach est un astronome qui découvre les plus merveilleuses étoiles. Beethoven se mesure à l'univers. Moi, je ne cherche qu'à exprimer l'âme et le cœur de l'Homme.* »

Frédéric Chopin (1810-1849)

Première partie

I

« Anna Ka… Anna Kach… Anna Kachma… »

Pas un. Non, pas un seul de mes professeurs ne parvint jamais à prononcer mon patronyme, depuis les bancs de l'école primaire jusqu'à l'université. Beaucoup renoncèrent. J'entendis toutes sortes de railleries : « Imprononçable », « Pas français », « De quelle origine ? », avec, dans le regard, un mépris teinté de suspicion et, dans la voix, des insinuations pleines de sous-entendus. De temps à autre, fusaient des rires et des moqueries du fond de la classe. « Sale Polac ! » J'avais tout juste quinze ans. Mon nom – celui de ma mère – était difficile à porter. De mon père, j'ignore tout, ou presque. Ma mère n'eut de cesse de m'affirmer que j'étais le fruit de l'amour, d'un amour vraisemblablement interdit, puisqu'il l'abandonna dès les premiers mois de sa grossesse, à une époque où les mères célibataires n'étaient pas dignes d'un regard et portaient le nom méprisant de filles-mères. Je suis un cas classique, en somme, presque banal… Dès que je fus en âge de comprendre, je saisis vite que le sujet était tabou ; mes questions évoquaient des souvenirs douloureux, marqués par la honte et la solitude, auxquels ma mère préférait se soustraire. Je cessai de l'interroger. Je vivais sur mes gardes, le cœur plombé de doutes et de non-dits. Ce silence contraint et cette absence firent naître en moi un mal-être dont je n'avais pas conscience.

Je tentai bien des fois d'imaginer le lieu clandestin de ma conception. Des images surgissaient devant mes paupières closes. Elles se superposaient pour se brouiller en un magma de boue infâme. Étais-je le fruit de la passion, de l'ardeur et de la fougue de baisers voluptueux ? Avais-je été conçue sur l'humus d'un jardin cerné de bosquets, parmi des buissons chargés de fleurs odorantes ? Dans un lit aux draps clairs et propres, dans la pénombre d'une chambre d'hôtel ? Derrière la porte des toilettes d'un bar de nuit, envahies par la saleté et la puanteur d'une cuvette et la vulgarité criante des graffitis ? Leur étreinte avait-elle duré toute une nuit ?

Qui était mon père ? Je ne connais même pas son nom. Était-ce un jeune étudiant en médecine, un voisin de palier, un fonctionnaire, un érudit à l'esprit brillant et bouillonnant, un alchimiste fou, un peintre raté, un homme marié frustré par sa femme, un riche banquier assoiffé de pouvoir, un officier de marine disparu dans les glaces de l'Arctique, un voyou repenti, un avocat à la morale douteuse, un flic ripou, un architecte flamboyant, un chef indien retourné à sa tribu ? Chaque jour, la liste de mes supputations s'allongeait. Avais-je des frères et sœurs, nés d'autres amours souterraines ou d'une union maritale ? Tant de questions vaines, tant d'images faussées issues des constructions fantasmées de mon esprit torturé.

En plus de générer d'insondables souffrances, l'absence de père suscita de multiples interrogations et marqua mon cœur de meurtrissures indélébiles. Ce manque créa un vide si abyssal que l'absent me paraissait bien plus présent encore : pas un jour, pas une nuit ne s'écoulait sans que son spectre surgisse dans mes pensées.

Il m'était si vital de savoir d'où je venais. C'était une évidence pour moi, mais pas pour ma mère.

II

Kaczmajrewski, tel est mon nom, aujourd'hui encore, à cinquante-trois ans bien tassés. Vieille fille. Des aventures, j'en ai eu, trop brèves pour être sérieuses. Certaines furent passionnées et exaltantes, d'autres se révélèrent décevantes et me laissèrent perturbée. Je ne suis pas ce que l'on peut appeler un canon de la beauté. Je ne suis pas très grande, ni forte ni fine, et je me ronge les ongles. Je porte mes cheveux auburn en chignon banane, seule touche féminine de ma silhouette quelconque. Je suis insignifiante, transparente, bref, pas vraiment séduisante. Depuis trente-deux ans, je vis à Paris et j'exerce le métier de secrétaire trilingue. Après une dizaine d'années passées dans diverses sociétés d'export, je suis entrée à la Norton and Smith Food Company, une filiale d'un géant de l'industrie agro-alimentaire, il y a tout juste vingt-deux ans.

On peut affirmer sans trop se tromper que je suis une boniche capable d'exécuter des ordres en plusieurs langues. Un métier en voie de disparition, à en croire les décideurs d'avenir œuvrant dans l'ensemble des directions des ressources humaines. Il y a deux ans, notre filiale comptait plus d'une centaine de personnes : les effectifs ont, à ce jour, été réduits à près de la moitié. À cette allure, je ne saurais dire qui sera encore présent dans un an ou deux. De plans sociaux en plans de départ volontaire, les gestionnaires de carrière tentent de nous recaser dans des services

« en évolution ». Les quinquas sont déjà un problème en soi, alors l'une d'elles avec mon profil, c'est un vrai casse-tête. La solution la plus simple consiste à nous laisser moisir derrière la porte d'une pièce de moins de huit mètres carrés entre un fax, une photocopieuse et une machine à café. L'hiver, on y est au chaud ; l'été, il suffit d'ouvrir la fenêtre pour s'aérer un peu. Voilà comment j'atterris dans l'aile nord du quinzième étage de la tour Hartmann, dans le nouveau quartier d'affaires entre Puteaux et La Défense, depuis que la moitié de mon département avait été externalisée en Roumanie, et l'autre, renvoyée dans ses foyers avec un chèque de départ et l'assurance d'une formation « diplômante », ainsi que le suivi personnalisé assuré par un cabinet spécialisé dans le reclassement. Ils font les choses très correctement pour se délester du personnel encombrant. Non pas qu'ils aient une conscience ou un quelconque sens de l'empathie, il s'agit avant tout, pour les dirigeants, de garder les mains propres et de rester dans le strict respect des obligations légales ; on ne badine pas avec la loi. Le temps qui passe, voilà un ingrédient formidable, très connu des gestionnaires de carrière : il leur permet de garer temporairement les gens de mon espèce dans un service, sachant qu'il y aura certainement, à un moment donné, l'opportunité d'une évolution. « En attendant ! » Le temps qui passe use, rabote, sabote, détruit, ruine le moral des plus faibles. Enfin, ces phénomènes d'isolement et ces techniques d'usure sont largement répandus dans le milieu entrepreneurial. Ils sont mal tombés avec moi, car je crois sans trop me vanter être assez résistante. Question de tempérament, sans doute. Toutes leurs grosses ficelles, j'en ai tiré mon parti !

Il n'en reste pas moins qu'ils peuvent toujours courir avant que je m'inscrive dans un de leurs prochains plans de départ. Des patrons, j'en ai eu de tous les genres : arrogants, suffisants, nonchalants, beaux parleurs, prétendument humains, gueulards, autoritaires-castrateurs, pinailleurs, incompétents, salopards, misogynes… Cependant, je dois avouer que l'actuel m'est particulièrement insupportable. D'abord, parce qu'il est malhonnête, et ensuite parce qu'il a cette forme de folie froide de ceux qui sont doués d'une intelligence malveillante : il adore jouer avec le feu, être à la frontière du politiquement correct et il utilise son titre pour couvrir ses autres activités professionnelles. Son moteur, c'est l'adrénaline ! Ajoutez à cela une avarice poussée à l'extrême, et vous avez le tempérament de mon patron, aussi agité que pingre. Il fait partie de ceux qui se font rembourser un ticket de métro, un journal miteux, oublient systématiquement leur Carte Bleue ou inversent les deux derniers chiffres de leur code personnel lors des réservations d'hôtel, prétextant, s'ils sont pris sur le fait, être victimes d'une dyslexie passagère, « peu étonnante, avec toutes ses responsabilités ». Le comble, c'est sa gueule d'ange, son visage poupon, son sourire bonhomme et enthousiaste. Et ce rire en cascade tellement communicatif ! Qui ne tomberait pas dans le panneau ?

Face à lui, je m'efforce de garder la tête haute. Le matin, j'arrive au bureau, comme il faut, c'est-à-dire à l'heure : je tiens à être irréprochable. La routine : j'adore ! Lumières toutes, allumage de mon ordinateur, enclenchement de la machine à café, de l'imprimante laser couleur, de la photocopieuse. Le fax, lui, reste perpétuellement branché. Déverrouillage de la messagerie téléphonique, désespérément muette. Lecture des e-mails et autres fausses bonnes nouvelles de la *Pravda* interne : une journée de bureau comme les autres s'annonce.

À neuf heures passées de deux ou trois minutes, je sais que je verrai s'afficher le numéro de téléphone portable de mon supérieur hiérarchique sur mon standard. J'attends, je regarde ma montre. Rien. Serait-il en retard ? Une panne de réveil ? Neuf heures passées de dix minutes. Ah ! Ça y est ! C'est lui ! Je décroche en déclinant mon identité, selon la procédure en vigueur. Je l'entends à l'autre bout du fil, il me parle de la réunion de cet après-midi et oublie les politesses d'usage que je ne manque pas de lui rappeler, en lui donnant pour toute réponse un bonjour appuyé. Il élude. Il va, de manière prévisible, m'indiquer les annulations de rendez-vous, les reports de réunion, les excuses diplomatiques et les prétextes convenus à formuler pour éviter les ennuyeuses sollicitations dont il fait l'objet en tant que directeur général administratif. Il n'a pas que cela à faire. Il constate avec désarroi qu'il doit assister à un forum de cadres dirigeants dans deux jours. À sa voix légèrement hésitante, je sens que je vais doucement glisser dans la catégorie de la secrétaire incompétente qui ne pige rien à rien. Gagné.

« Enfin, Anna, je ne comprends pas. Ce que je vous demande n'est franchement pas compliqué : gérer mon agenda ! Si vous êtes faillible, si vous n'en êtes pas capable, il faut faire autre chose ! Vous savez il y a une palanquée de personnes qui attendent votre place. Il va falloir vous y mettre sérieusement ! »

« Faillible », « faillible », tout le monde est faillible, mon pauvre Koekelberg… Que croit-il ? Il vient de m'inventer un rendez-vous au ministère de la Recherche, que j'aurais oublié d'indiquer dans son agenda électronique, tout cela parce qu'il veut éviter un déplacement à Bordeaux, à cause de sa gestion minable des filiales de province !

À neuf heures passées de quarante minutes, il raccroche, me laissant seule et désemparée face à ses ordres et contre-ordres, ses sous-entendus et commentaires malveillants hurlés dans le combiné du téléphone. Un acouphène me vrille désormais l'oreille droite et un début de migraine embrume mon esprit. Ma journée commence par un lavage de cerveau de trente minutes dont les principaux ingrédients sont les dénigrements, les mensonges et les remises en question systématiques.

J'avale mon café devenu tiède et me prépare à affronter les appels et autres rappels à l'ordre qu'il va continuer de m'asséner téléphoniquement tout au long de mes neuf heures de bureau. Car il n'aura de cesse de m'appeler, de me raccrocher au nez, de laisser des messages avec l'injonction de le recontacter de toute urgence. Ce que je ferai, mais il ne répondra pas. Moyenne d'appels journaliers : une bonne trentaine. Lorsqu'on approche de la pleine lune, cela peut monter à plus de quarante ! Nos rapports se bornent à de très nombreux échanges téléphoniques. Depuis l'avènement de l'ordinateur portable, du Blackberry et autre iPhone, sa présence physique au sein de l'entreprise s'est faite extrêmement rare. En fait, je ne le vois pratiquement plus. Quelle aubaine, ces engins ! Quand tout le monde le croit en déplacement professionnel, à des conseils d'administration ou ailleurs, il vaque à ses occupations très personnelles. Les affaires, il faut que ça rapporte ! Il continue de faire prospérer sa petite entreprise d'événementiel, dont il fait vendre au prix fort les services par son dévoué employé à notre grande société qui, bien entendu, n'y voit que du feu. Très fort ! Par contre, il ne rate aucun comité de direction : trop risqué. Il sait être là quand c'est nécessaire.

De nos jours, ce prototype de dirigeant continue de sévir et de parasiter les entreprises qui se délestent des petites mains qu'elles jugent inutiles, alors qu'elles maintiennent ces gros gibiers grassement payés. Depuis bientôt sept ans que je lui suis dévouée, je ne connais de lui que les grandes lignes : Hendrik

Koekelberg, né le 24 juillet 1955. Nationalité néerlandaise. Marié depuis vingt-cinq ans. Cocu, j'espère. Deux enfants, dont je me fous de l'âge comme du sexe, comme il se fout de ma vie et de mes passions.

La seule chose devant laquelle nous sommes égaux, c'est le temps, oui, le temps qui passe. Il a beau être haut placé, il n'en est pas moins en fin de cycle professionnel. Nous faisons semblant de croire à ce que nous faisons. Nous sommes des dinosaures placardisés et résistons, chacun à notre manière. Cela dit, je le considère en quelque sorte comme un être exceptionnel ! Exceptionnel, oui ! Car usant, si usant qu'il en est presque touchant. Il maîtrise la mauvaise foi, le mensonge à la perfection, et est assurément doté d'une mémoire d'éléphant. À n'en pas douter, il aurait pu poursuivre une grande carrière d'avocat ou de comédien. Absentéiste, fainéant, exigeant, il obtient de tous ses subalternes les renseignements manquants et déterminants qu'il saura, d'une pirouette et au moment opportun, dans des réunions d'importance, placer devant ceux qui l'ignorent le chiffre x ou le taux y – tout cela avec un doigté rare et, si possible, au nez et à la barbe du président.

Quant à son budget de fonctionnement, autrement dit sa caisse noire, dès le début de l'année, il l'attaque goulûment, savamment, et, lorsqu'il y a déficit avéré, il s'arrange autrement. Il trouve chaque fois le soutien actif de ses fidèles et zélés collaborateurs qui, eux, trouveront certainement un budget passe-partout pour régler ses commandes de vin et de champagne, ses factures de taxi à des heures indues dans certains quartiers spéciaux de la capitale. La première fois que j'ouvris l'enveloppe contenant ses relevés de taxis, j'avoue que je fus surprise. Tout y était indiqué, l'heure, le nom du passager, le lieu de départ et d'arrivée, le temps d'attente, le prix. Il n'y avait aucun doute possible sur ses occupations nocturnes. Je compris, au vu de l'heure tardive de départ de l'hôtel mentionné, que la voiture raccompagnait tantôt une madame Annabelle, tantôt une madame Inès dans son quartier d'activité, avant de repartir pour terminer sa course devant le domicile de mon patron.

Le plus difficile pour moi est de couvrir ses agissements. Après tout, il fait ce qu'il veut de son temps libre. Cependant, je suis exposée à sa vie très privée. Et puis l'entreprise n'a pas à payer pour ce genre de services. Je m'étonne d'ailleurs que les auditeurs de la direction des finances aient été assez aveugles pour ne pas découvrir ce que j'ai compris, alors même qu'une politique de rigueur et d'éthique a été mise en œuvre deux ans plus tôt, renforçant les contrôles et incitant les collaborateurs à dénoncer tout comportement jugé « suspect ».

Toujours est-il que je me sens mise en porte-à-faux. Ne rien dire revient à le protéger, le dénoncer, à courir le risque de le calomnier. Admettons qu'il soit découvert : il est tellement habile qu'il jouerait l'indigné et retournerait la situation à son avantage. De quoi aurais-je l'air ? D'autre part, qui me dit que la confidentialité est vraiment garantie ? Et s'il était protégé ?

Quelle odieuse situation ! Et comme si cela ne suffisait pas, je dois aussi « gérer » sa femme, ou plutôt ses humeurs. Elle m'appelle lorsqu'elle s'ennuie : je peux certes lui divulguer certaines informations, mais je me dois de pratiquer une forme de mensonges par omission ou par anticipation. Ainsi, les événements VIP se métamorphosent en dîners d'affaires, tandis que les soirées cocktails virent en présentations de presse. Pour ma part, je rentre chaque soir chez moi, épuisée par cette jonglerie entre non-dits et création d'événements imaginaires.

Ma vie est ailleurs, heureusement. Lorsque je descends de ma tour et quitte le bureau 15311 de l'aile nord, je me sens revivre ! Je respire mieux, j'éprouve un sentiment de légèreté, de liberté retrouvée. Oui, je suis libérée de ce patron insupportable et malhonnête qui, je le sais, est une espèce fort répandue dans toutes les entreprises. Le monde du travail est devenu si inhumain. J'ouvre un quotidien, je regarde les informations : conflits, bras de fer, délocalisations menacent le fragile équilibre des entreprises et des salariés. Aujourd'hui, certains, poussés à bout, ne savent plus comment survivre et faire face à la mesquinerie, à la violence internes, quand la peur, l'incertitude et l'angoisse du lendemain – qui a peu de chance de chanter – frappent implacablement tous les échelons de l'entreprise. Que faire ? À part s'accommoder avec soi-même et se dire qu'il y a pire, il ne reste pas beaucoup de solutions. La plus radicale et la plus salutaire consisterait à fuir. Oui, oui ! Curieux, à première vue. Financièrement, qui pourrait se le permettre ? Et serait-ce bien réaliste ? Faire le dos rond exige une endurance hors du commun et entraîne à plus ou moins long terme des pathologies qui mènent les uns directement dans un cabinet de psy, et les autres chez les cardiologues, neurologues et j'en passe. Certains parviennent à se blinder, d'autres n'y arriveront jamais.

Le meurtre ! J'y ai pensé, évidemment ! Cela peut paraître fou, et pourtant… En cela, l'imagination me sauve, car elle est un merveilleux outil de mise en scène. Je visualise un instant cet homme qui me rend la vie impossible, nu, ligoté ! Je le vois. N'est-il pas misérable et pitoyable ? Comme de bien entendu, je l'ai suspendu au-dessus du vide. Sa vie ne dépend plus que de ma bienveillance. Il m'implore, me supplie. Il gémit, il regrette. Il se fait tout petit. Il n'est plus qu'un vermisseau se tordant au-dessus du néant, vil et méprisable. Quelle jouissance, quelle délectation !

Des milliers de scénarios comme celui-là existent, des plus cruels aux plus hilarants. Seulement voilà : mon libre arbitre est plus fort que moi, et ces belles images demeurent un pur fantasme ! Suis-je sévère, injuste, naïve ? Et si c'était moi qui vieillissais mal, ou ne supportais plus ce monde ?

III

Par chance, des proches et des amies me soutiennent et me remontent le moral lorsque je suis à bout de nerfs. Ma voisine Sabine est la première de la liste : une belle jeune femme, fraîche comme un lys, hôtesse de l'air depuis dix ans sur des longs et moyens courriers. « Boniche de l'air ! » me lance-t-elle parfois, quand elle-même en a assez de son métier. Nous sommes tous la boniche de quelqu'un… Elle sait que sa vie de voyages ne durera pas. Pour l'instant, elle accumule à son jeune compteur le nom des capitales du monde qui, vues de chez nous, sont certes exotiques, concède-t-elle, mais n'effacent pas les réalités de son métier, bien loin d'être aussi captivantes que ses voyages au long cours.

– Sais-tu ce qui me dérange le plus ? me demanda Sabine un soir, alors que nous buvions un dernier verre à la terrasse d'un café proche de chez nous.

– La fatigue, les décalages horaires ?

– Non, on s'y fait au bout d'un moment. Vivre en décalé, ce n'est pas si mal. J'adore voir les premières lueurs du soleil ou la nuit qui tombe. Quand je rentre à la maison, la ville dort encore, j'ai la route pour moi toute seule. C'est génial !

– Alors, le manque d'évolution de carrière ?

– Non, ça m'est égal.

– Je ne sais pas… La monotonie ?

– Non, creuse-toi un peu la tête !

– Allez, dis-moi !

– Eh bien, pour reprendre ton expression, je suis une boniche, moi aussi, c'est un fait. Je l'accepte ! Je le savais en m'engageant. En réalité, ce qui est pénible, c'est le regard que l'on porte sur moi. Le regard dédaigneux de certains passagers. C'est insupportable. Dieu sait que je devrais être blindée depuis le temps, pourtant il m'arrive encore d'être blessée. J'ai vu pas mal de choses depuis que je fais ce métier : des hommes d'affaires qui, d'emblée, me regardent avec un mépris évident, des dragueurs invétérés qui prennent les hôtesses de l'air pour des filles faciles, des mères de famille qui me traitent comme leur jeune fille au pair, des enfants mal élevés, odieux, tellement capricieux ! Le pire endroit du ciel, c'est la classe affaires. Les clients exigent mieux que le meilleur, sous prétexte qu'ils ont payé le prix fort, alors que, la plupart du temps, c'est leur société qui finance le billet. Une fois, un client éméché m'a purement et simplement jeté sa flûte de champagne à la figure, parce qu'il ne le trouvait pas assez frais. Tu imagines ma honte ? J'ai dû garder le sourire, rester calme devant mes collègues et les autres passagers, qui bien sûr faisaient comme s'ils n'avaient rien vu…

– Tu ne m'avais jamais raconté cette histoire ! Ma pauvre !

– C'est du vécu ! Je ne pourrai jamais l'oublier. À la suite de cette histoire, j'ai été malade plus d'une semaine. Tu vois, être une boniche de l'air n'est pas rose tous les jours ! dit-elle en me lançant un clin d'œil complice.

– Effectivement, c'est incroyable, conclus-je.

Ce soir-là, Sabine m'avait ouvert les yeux sur un aspect pénible de son métier. Heureusement, c'est une personne équilibrée, elle sait faire la part des choses et est dotée d'un tempérament très optimiste. Sa joie de vivre et son franc-parler me font toujours du bien. Comme moi, elle aime les expositions de peinture, les anti-quaires, le cinéma italien et le thé au lait. Lorsque j'entends sa voix sur mon répondeur m'annonçant son prochain retour sur Paris, je saute de joie comme une gamine.

Entre deux escales, on se fait un petit dîner et on se raconte nos mésaventures. Même si j'ai presque l'âge de sa mère, elle me parle de ses aventures – tantôt croustillantes, tantôt délirantes.

Depuis quelque temps, elle passe de moins en moins souvent. Aurait-elle fait une rencontre sérieuse ? Quoi qu'il en soit, elle continue de m'envoyer des cartes postales des quatre coins du monde, que je range dans ma boîte en fer blanc. À l'origine, celle-ci contenait mes gâteaux préférés : les véritables galets bretons au beurre frais, des sablés qui laissent des miettes partout et collent aux dents.

Nous habitons l'une et l'autre dans l'arrière-cour d'un immeuble haussmannien du VIIIe arrondissement : pour grimper jusque chez nous, nous devons franchir le hall de l'élégant bâtiment A, puis traverser une vaste cour emplie d'hortensias mauves et roses pour atteindre notre bâtiment, logiquement baptisé B. Sabine vit sous les toits, dans l'espace réaménagé de trois anciennes chambres de bonnes réhabilitées avec goût. Je suis, d'une certaine manière, sa voisine de chambre, car je dispose sur ce même étage d'une pièce que j'ai aménagée en bureau-bibliothèque. C'est sur notre palier que nous fîmes connaissance il y a cinq ans. Mon ap-partement proprement dit – que je reçus en donation de ma sainte et généreuse mère – est situé au troisième étage du bâtiment B. Mes fenêtres, qui donnent sur la cour, m'assurent une vue impre-nable sur les trois derniers étages du bâtiment A. L'architecture des lieux fait de moi une voyeuse… Il est vrai que les longues soirées de solitude m'amènent fréquemment à me poster devant la fenêtre et à laisser errer mon regard. Aussi, le fait d'être une des résidentes les plus anciennes, le hasard des conversations avec mes voisins, dont certains sont devenus des amis, mes relations cordiales avec mon adorable concierge – et femme de ménage à l'occasion – qui travaille chez presque tous les habitants de nos deux immeubles, me permirent au fil du temps de découvrir tout un pan de la vie des occupants de certains appartements.

Le dernier étage du bâtiment d'en face est occupé par une femme et son fils. Il y a quelques années, le père vivait encore avec eux. Une nuit, après une scène de ménage mémorable et unique, il disparut. Personne ne les avait jamais entendus se disputer. Le fils, une espèce de longue tige au dos voûté, regarde le monde derrière ses épais carreaux de myope. Il doit avoir dans les vingt-sept, vingt-huit ans, et travaille dans une *hotline* informatique. Ses cheveux gras en bataille s'agglutinent sur son front, de sorte que l'on ne voit de lui que ses oreilles fort décollées et ses joues, dont les méchants cratères indiquent le récent passage des tempêtes de l'acné, et par voie de conséquence des séismes hormonaux de son adolescence pas si lointaine. Il fait peine à voir. Contrairement aux jeunes de son âge, il ne sort pas, ne boit pas, ne fume pas. Il passe la plupart de ses soirées devant les trois écrans qui s'entassent dans la poussière sur son bureau et dont la seule lumière blanchâtre éclaire sa chambre. On peut dire sans trop se tromper qu'il appartient à la catégorie grossissante des autistes informatiques. Il grignote dans sa chambre, picorant dans une assiette sans quitter des yeux son ordinateur. Une fatigue indélébile fermente tout autour de ses yeux, transpire sur son visage au teint pâle. Loin derrière les carreaux de ses lunettes, ses yeux sont comme deux trous noirs qui ne voient pas ou à peine et qui fixent le sol dès qu'un humanoïde se présente à lui. Et sa mère ? Sa mère… Une triste figure, elle aussi : comment survivre à près de soixante ans, face à un fils renfermé, après avoir été larguée, à la cinquantaine passée – et qui plus est, sans avoir jamais exercé d'activité professionnelle ? De quoi vit-elle ? Nul ne le sait. De temps à autre, elle vient se planter au beau milieu de la chambre de son fils. Elle semble lui tenir d'assez longs discours. Elle a l'air d'être seule à parler. Au bout d'un certain temps, elle agite son index et se fait menaçante. Peu après, elle se met à gesticuler, à s'agiter. Elle quitte la chambre, elle revient en brandissant sa main droite, qu'elle finit par adosser à sa hanche. Lui demeure impassible. Il fixe ses écrans. On dirait qu'il ne l'entend pas, qu'il ne la voit pas, même lorsqu'elle explose dans une colère homérique.

L'appartement du dessous appartient aux Fouchet. Malgré leur âge avancé, ils sont jeunes mariés. Les hommes et les femmes s'assortissent parfois de façon curieuse. C'est vrai que la manière dont s'est formé sur le tard ce couple du troisième peut paraître bizarre. Ils doivent leur amour à des parties de bridge. En plus d'être un passe-temps pour gens aisés, ce jeu présente l'avantage de se jouer deux contre deux. Les couples au bridge finissent par se connaître et s'apprécier. Les sourires, les clins d'œil, les regards complices… mènent forcément quelque part. Dieu sait que lui faisait partie de ces personnes très aisées, presque fortunées, de par sa naissance et les fonctions qu'il avait exercées au cours d'une longue et brillante carrière de banquier. Pour elle, c'était différent. Elle fréquentait ce monde et avait en tête d'approcher ces gens, de les observer avec leurs manies, leurs habitudes, leur savoir-vivre, car ils savent s'y prendre pour durer et, tant qu'à faire, rester en bonne santé. Elle entendait profiter de la vie, ou plutôt revivre : après un divorce, un remariage pas plus heureux que le premier, un second divorce – elle était à bout de forces. Deux fois par semaine, elle se rendait au cercle de bridge avec la ferveur d'une veuve qui entend faire une bonne rencontre et, par là même, se refaire une santé financière, si possible avec un profil bancaire à la hauteur. L'idéal serait un homme plus âgé, nécessairement plus usé qu'elle, mais surtout bon épargnant. Or, son idéal – sa cible, pourrait-on dire – existait en la personne de cet aimable veuf qu'était monsieur Fouchet. De parties de bridge en invitations au restaurant, de déjeuners en dîners, on devint rapidement de vieux amis. Car les vieux sont aussi impatients que les enfants. Si les enfants sont doués d'un contact naturel, les vieux savent que le temps leur est compté. Cette idée d'unir leur destin sur le tard leur vint donc naturellement. C'était une sorte d'association de bienfaisance. Chacun connaissait les avantages qu'il pouvait tirer de l'autre et y trouverait son bonheur, ou plus exactement son compte. Pour elle, c'était simple, elle cherchait la sécurité, un genre d'abri antiatomique, d'assurance tous risques, car sa maigre retraite lui permettait peu de fantaisies. Par assurance, il faut comprendre complément de revenus, puis, le temps passant, cette rente deviendrait automatiquement une pension de réversion. Un banquier retraité, c'était inespéré. Quelle aubaine ! Un financier n'est pas le genre d'homme à vivre le nez au vent. Les placements à long terme, les actions, les obligations, les titres, les assurances vie : pas un des leviers de l'argent n'avait de secret pour lui. À soixante-quinze ans, il lui restait dix, voire quinze années dans le meilleur des cas. Elle avait l'avantage d'avoir huit ans de moins que lui, un élément d'importance à cet âge où le déclin peut surgir du jour au lendemain. Lorsqu'il survient, le naufrage peut se révéler extrêmement rapide.

En revanche, lui n'était pas plus innocent. Il n'était ni naïf ni bienveillant. Il savait qu'elle avait passé sa vie à soigner les autres. Une infirmière : quelle chance ! Lui qui se voyait délaissé par sa fille, trop occupée à gérer son plan de carrière et son porte-feuille de titres, à préparer ses voyages d'affaires et ses vacances tropicales. Une infirmière à domicile, à son chevet, aux petits soins, cela faisait tout simplement des frais en moins. Le calcul était vite fait. Entre séances de kiné et soins à domicile… Il pensait à ses très vieux jours : ce dinosaure s'appliquait depuis longtemps déjà à entretenir son teint hâlé, et surtout son squelette devenu fragile. La lutte contre l'usure du temps était dérisoire, il le savait, puisque ce dernier sort vainqueur de toutes les batailles. Mais, en-fin, chacun s'efforce par tous les moyens de profiter du temps qui lui reste. Aussi, lorsque le maire évoqua l'éducation des enfants, chacun regarda ailleurs, gêné. Et sitôt eut-il déclaré que les époux se devaient fidélité et assistance mutuelle que chacun, dans le millefeuille de sa conscience, savait déjà ce que cela signifiait. La vie se résume parfois à des calculs, à des stratégies de haute volée.

Le soir, ils étaient assis l'un en face de l'autre, dans leur biblio-thèque, anciennement chambre à coucher. Lui, plongé dans les pages financières du journal reconnaissable à cette couleur sau-mon si particulière (pourquoi saumon d'ailleurs ? Sans doute les patrons de presse ont-ils fait une analogie entre ce poisson de ri-vière riche et gras et leurs avoirs en tous genres). Elle, occupée à maintenir son esprit alerte avec ses mots croisés ou ses Sudoku. Sur les coups de vingt-deux heures, elle se levait, lui caressait la joue du revers de la main, lui remettait les cheveux en ordre, se penchait vers lui avec une tendresse presque maternelle et malgré tout minutée. Elle lui adressait les dernières recommandations, déposait un baiser sur son front et partait se coucher. Ils se re-trouveraient le lendemain, sans doute au petit-déjeuner ou au dé-jeuner. Ils ne faisaient pas seulement chambre à part, ils faisaient également appartement à part. Même pas de rue à traverser : il suffisait d'un simple voyage vertical, par l'ascenseur ou l'escalier, selon qu'ils montaient ou descendaient. Lui au troisième, elle au premier. Il va de soi que cet arrangement avait été élégamment étudié et préparé, financièrement optimisé et concrètement réalisé. Le résultat était idéal : l'indépendance sans la distance, l'assistance mutuelle à portée d'escalier, que demander de plus ?

En conséquence, monsieur et madame sont séparés par l'appartement du deuxième étage, qui se trouve inoccupé depuis pratiquement deux ans. Il semble que les volets soient bien partis pour rester clos un certain temps. Le moins que l'on puisse dire, c'est que le vieux couple est au calme. Mais le vide, le silence de cet étage intermédiaire, c'est une toute autre histoire.

Les derniers occupants en date de cet appartement étaient les Chaberteau. La mère : une universitaire qui enseignait les sciences économiques et sociales à Paris-Dauphine – sûrement plus économiques que sociales. Stricte à la limite du guindé, polie sans plus, le visage lisse et inexpressif, elle dirigeait sa famille comme une petite entreprise surendettée, autrement dit « à l'économie », à coups de frustrations et de contraintes budgétaires. Ce n'était pourtant pas l'argent qui manquait. Il suffisait de croiser son regard pour savoir que peu de choses pouvaient l'émouvoir. Si par hasard, on la rencontrait devant la lignée des boîtes aux lettres, on regardait ailleurs et on passait son chemin. Le père filait chaque matin vers son ministère. Vu son air de lance-pierre et sa tête allongée en forme d'ogive nucléaire, il œuvrait sûrement pour l'armée de terre ou de mer. Vers huit heures, une voiture sombre s'avançait devant la porte cochère de l'immeuble. Il montait à l'arrière du véhicule. Une fois la portière claquée, le chauffeur accélérait brusquement, emportant son passager dans la fraîcheur du matin. Le soir, il réapparaissait peu après vingt et une heures.

Entre eux tentaient de grandir deux adolescents esseulés. Une fille de quinze ans, Camille, le portrait craché de sa mère. Brillante au point d'en être presque arrogante, intelligente autant qu'espiègle, elle préparait son bac avec deux ans d'avance et jouait avec les garçons comme on joue aux cartes : sa pioche était bonne à chaque fois. Elle ne faisait pas de différence entre un valet, fût-il de cœur, et un roi de carreau, sérieux dans ses approches et appliqué dans ses manœuvres séductrices. Parmi les valets et les rois se glissait de temps à autre une reine dont elle goûtait les lèvres et les seins entre deux verres de vodka-orange. Dans ce domaine comme dans d'autres, elle avait une sacrée longueur d'avance sur Antoine, son frère aîné qui, du haut de ses dix-huit ans, demeurait apathique et immobile devant les nombrils piercés ou les strings apparents que les donzelles de sa classe s'évertuaient à arborer sous son nez avec un savoir-faire fort développé. Au contraire de sa sœur, il peinait dans les études et redoublait son année de terminale S. « S, S, S, il faut faire un bac S. Le reste, ça ne vaut rien ! » ne cessait de lui asséner sa mère. Lui qui rêvait de lettres et de philosophie… La pression, Antoine l'avait. Les soupirs appuyés de sa mère, l'or du ministère de son père, la réussite facile de sa sœur, les remontrances de ses professeurs, les menaces du proviseur, les railleries de ses camarades de classe. C'était trop !

Un jour, au début de l'hiver, le proviseur du lycée privé et très catholique de la rue d'Anjou appela madame mère pour l'informer de l'énième absence de son fils. Celle-ci, exaspérée, se confondit en excuses et fit savoir que cette absence serait la dernière, qu'ils veilleraient, elle et son mari, à ce que ce genre d'incident ne se reproduise plus. Il n'y avait pas de souci à se faire là-dessus. « Comptez sur nous », affirmait-elle, tandis qu'à l'autre bout du fil le proviseur sifflait des « Exactement », « Tout à fait », « C'est cela même ». En vérité, il défendait la réputation de son établissement de renom, et il était primordial que son établissement de prestige obtienne, comme chaque année, un excellent taux de réussite au bac pour figurer parmi les dix meilleurs lycées de France. En conséquence, il fit comprendre à madame mère que le lycée avait déjà fait un effort exceptionnel en acceptant un redoublant, qu'il avait des listes d'attente à n'en plus finir, qu'il ne pourrait pas continuer comme cela le trimestre prochain, qu'il faudrait sûrement envisager une solution plus adaptée, qu'il fallait également comprendre sa situation en tant que proviseur. Madame mère acquiesça, fit profil bas. À peine eut-elle raccroché qu'elle fut prise d'une rage blanche. Midi approchait. Elle se mit à courir dans la rue et à rechercher sa voiture en appuyant sur la clé électronique qui devait déclencher le clignotement des feux de détresse et attirer son regard inquiet. Une fois le véhicule repéré, elle sauta dedans. Démarrant en trombe, elle se mit à parler toute seule dans la voiture et faillit brûler un feu rouge. Elle prépara son argumentation, s'imaginant trouver son feignant de fils occupé à tremper ses tartines dans son café au lait, au prétexte qu'il avait eu une panne de réveil.

« Ce gosse ! Il m'en fait voir de toutes les couleurs ! Il va m'entendre, ce sale gamin ! » Arrivée à destination, elle se gara comme elle put, c'est-à-dire mal, sur un passage piéton. Les feux de détresse de son véhicule ne cessaient de s'allumer et de s'éteindre – signes de l'extrême urgence de la situation. Elle ferma hâtivement la portière. De nouveau, elle courut. Sa jupe droite ne lui permettait que de courtes enjambées. Ce détour imprévu par son domicile bousculait son agenda surchargé.

Parvenue devant chez elle, elle poussa de toute son énergie la lourde porte cochère de l'immeuble, traversa le hall à pas rapides, s'engouffra dans l'ascenseur, appuya fortement sur le numéro deux et poussa un profond soupir qu'elle fut seule à entendre. Puis, sur le palier, elle s'empressa de tourner la clé dans la serrure et ouvrit la porte avec détermination. De toute évidence il était là, puisqu'aucun des verrous n'était fermé et que du fond de l'appartement, elle entendait sa musique exaspérante, répétitive au point d'en être abêtissante. « Ah ! Cette musique est insupportable ! » grommela-t-elle. Elle claqua la porte en serrant les dents. Elle fila droit dans la chambre de son fils en tempêtant. Ses talons martelaient le parquet en chêne. Personne. Elle appela, exaspérée, « Antoine ! » Pas de réponse. Elle fonça vers la salle de bains. « Lumière allumée, évidemment ! Cette manie de ne jamais éteindre… », soupira-t-elle. Elle allait poursuivre vers la cuisine lorsque quelque chose d'inhabituel perturba le champ de vision latéral de son œil gauche. Elle tourna la tête dans cette direction. À cet instant, il lui sembla qu'un gouffre s'ouvrait sous ses pieds et l'emportait dans les profondeurs brûlantes de la Terre, vers des abîmes dont elle ne remonterait plus.

Elle hurla comme une louve. Comme seules hurlent les louves à la mort. La colère et la rage qui, l'instant d'avant, l'habitaient encore l'avaient brusquement quittée, car à présent c'était la douleur qui s'échappait de sa gorge. Oui, c'était véritablement de la douleur. De la souffrance à l'état pur. Elle s'écroula sur le sol. Au beau milieu du salon, au crochet où elle avait rêvé de voir un jour briller un lustre en cristal, était suspendu le corps immobile de son fils, les pieds dans le vide.

IV

Mardi 15 juin, dix-huit heures trente. Forcément, je n'ai pas vu mon chef de la journée. Évidemment, je n'ai fait que travailler avec lui au téléphone. C'est simple, il l'utilise pour tout : il dicte, demande à parler à tel ou tel interlocuteur, ordonne, s'étonne et tonne par téléphone. Quand il me dicte ses e-mails ou ses courriers, il réfléchit à haute voix, s'interrompt, bute sur les expressions, se reprend et me demande : « Comment ai-je commencé, déjà ? » Insatisfait, il reformule, s'agace, peste, s'énerve, et je lui demande : « Que voulez-vous dire exactement ? » Je vole à son secours. Je sais qu'il n'a pas les idées claires, car il pense à mille choses à la fois : les travaux dans sa résidence secondaire, le chiffre d'affaires de sa petite entreprise, son bonus, ses jetons de présence, son portefeuille de titres, son imposition sur la fortune, sa femme qui le harcèle pour un voyage aux Maldives…

Au loin, j'entends fréquemment un concert de klaxons, j'en déduis qu'il est coincé dans les embouteillages. Afin de le calmer, je lui propose aussitôt une solution linguistique. Il retrouve le sourire – je le devine au son de sa voix. Il ne me remercie pas. Il réfléchit. Il me faudra ensuite traduire son baratin en allemand et en anglais, puis envoyer le tout en express à ses homologues outre-Rhin et outre-Atlantique. Il ne relit pas : c'est à moi d'arranger, d'embellir et de structurer les textes. Ensuite, il s'inquiète du dossier X ; il reste très approximatif dans ses demandes, il ne sait lui-même ni ce qu'il veut ni ce qu'il convient de faire, c'est inévitablement à moi de le deviner. Traditionnellement, il utilise une formule du genre : « Voyez un peu ce qu'on fait pour la préparation du prochain comité de pilotage. » Je m'efforce de le recadrer et de le contraindre à préciser sa demande, ce qui n'est pas si simple. Le flou est sa spécialité : il lui permet de se retrancher derrière mon incompétence, qui est en fait la sienne : si je me plante – il fait tout pour –, c'est que je n'ai rien compris. C'est le « chaos management ». En outre, il utilise à loisir le *on*, qui signifie tantôt *vous* (« On n'a plus qu'à s'y mettre », autrement dit : magnez-vous le train), tantôt *nous* (« Qu'est-ce qu'on fait ? », c'est-à-dire : « nous allons y réfléchir ensemble car j'en suis incapable tout seul »), rarement *je* (« On a oublié ce dossier quelque part », en clair : « Bordel, qu'est-ce que j'ai foutu de ce maudit truc ? »). Sans oublier ses sublimes formules impersonnelles : « Il faudra m'arranger ceci, me préparer cela », qui ne sont rien d'autre que des ordres déguisés, une menace planant sur mon éventuelle augmentation.

À la question « Où est-il ? », personne ne peut répondre, surtout pas moi. La seule interrogation qui vient à l'esprit de ses collaborateurs est : « Quand passera-t-il signer les courriers, les contrats, les chèques, les ordres de virement ? » Ce à quoi je réponds par un haussement d'épaules et un air dubitatif. Je jette un coup d'œil sur l'écran, consulte rapidement son agenda électronique et réponds : « Il passera sûrement, car il a un déjeuner. » Le fait est qu'il adore manger. Il faut préciser que notre restaurant d'entreprise dispose d'un secteur dit *Private*, réservé aux cadres supérieurs, où l'on sert une cuisine raffinée et fort goûteuse. Enfin, il paraît. En vingt-deux ans, je n'ai jamais eu l'occasion d'y déjeuner : il faut être invité par un supérieur hiérarchique ou faire partie des cadres dirigeants. Le restaurant d'entreprise proprement dit accueille le personnel de toutes les sociétés de la tour, au quatorzième étage. C'est pourquoi je poursuis : « Juste après le déjeuner, il doit assister au comité de direction. S'il montera jusqu'ici (soit à l'étage du dessus), je ne peux l'affirmer avec certitude. »

C'est que plus je vieillis, plus mes certitudes vacillent. Je souris malgré moi lorsque je vois arriver ces jeunes loups – quand ce ne sont pas des chiennes ou des hyènes. Tous commencent leurs phrases par « Ce qui est certain… », « Je suis convaincu, c'est sûr… », « C'est clair… », « Croyez-moi, c'est évident ». Qu'est-ce qui est sûr ou certain ? Ils sont si convaincants et convaincus d'eux-mêmes, avec une lueur d'arrogance dans le regard… Ils ne peuvent pas se tromper, ils sont infaillibles. Chez eux, le zéro défaut est une constante. Ils sont prêts à tout, à escalader l'Everest en sandales s'il le faut. Ils sont jeunes, diablement beaux, énergiques, en pleine santé, autant dire increvables. Ils ont un moral d'acier inoxydable. Ils sont surdiplômés, obligatoirement brillants ; la plupart sont issus de familles aisées qui ont chèrement payé leurs écoles de réussite. Ils sont partis étudier ou faire des stages à l'autre bout de la planète. Ils sont prêts à l'emploi, formatés, modelés, façonnés, moulés, fraîchement démoulés. Les voici qui s'attaquent au marché de l'emploi et frappent aux portes des grandes entreprises, avec leur naïveté et leurs certitudes : on leur a expliqué que leurs diplômes étaient très demandés, qu'ils avaient une certaine valeur (entendez salaire annuel d'embauche minimum), qu'il ne fallait pas hésiter à faire monter les enchères.

En revanche, ils sont disponibles, performants, opérationnels, fonctionnels. Et automatiquement, ils font tout, tout de suite. On réagit plus qu'on agit, on s'agite, on sursaute, on pond rapidement un projet et on le déploie vite fait, plus qu'on y réfléchit.

La réflexion, la maturation, c'est bon pour les philosophes et les poètes. Qui dit mieux ? Pour les artistes. Prendre du recul ou prendre son temps, on n'a plus le temps pour ça ! Il ne reste plus que des délais, des limites qu'il ne faut pas dépasser, des dates butoirs – des *deadlines*. Le temps est découpé, haché, saucissonné, tranché, tronçonné, tailladé et réduit à des temps impartis, des laps de temps, des plannings, des agendas, des contraintes horaires.

Dans ce monde où tout s'accélère, où tout va trop vite, dans cette culture désormais acquise de l'instantané, je mets un pied sur le frein, je bénis la lenteur, cette notion qui n'est plus en vigueur.

Une chose est sûre, c'est l'heure de partir : j'ai rendez-vous au Grand Palais avec Sabine à dix-neuf heures. Je vais devoir courir, moi l'adepte de la lenteur. Arrivée sur place, je file et retrouve Sabine dans la salle numéro un, bouche bée devant *La Jeune Fille à la perle* de Vermeer. Sabine est immobile et silencieuse. Je n'ose la saluer. Elle semble pétrifiée. Je demeure à ses côtés. Le silence s'impose devant tant de grâce.

Je découvre à mon tour cette jeune fille, je la fixe, et je ne parviens pas à soustraire mon regard à ses yeux sombres. C'est grâce au contraste de l'ombre et de la lumière que se dégage toute l'intensité de ce regard à la fois si tendre et si attirant. Sa chevelure est dissimulée sous l'enchevêtrement de jeux d'étoffes où le bleu et le jaune s'enturbannent autour de sa tête dans une harmonie parfaite. Est-elle blonde, châtain ou auburn ? Ses sourcils à peine esquissés ne permettent pas de le savoir. Sous ses paupières, on lit une douce candeur, une fraîcheur et aussi de l'humilité. Son visage lisse, ses traits fins et réguliers disent la jeunesse. La perle qui pend à son oreille éclaire la délicate zone d'ombre qui ourle la ligne de son menton et de sa mâchoire. De sa bouche rosée et brillante, il semble qu'aucun son ne puisse sortir, tant l'instant est intime entre elle et quiconque se poste devant elle : c'est là tout le génie de l'artiste ! On devine le pacte invisible qu'il a scellé avec cette jeune fille : il place l'observateur devant elle et subrepticement débute un face-à-face inconscient, presque voluptueux, un pur moment de grâce. Le temps se fige. Les secondes sont grisantes, comme une valse suave, la tête s'alourdit et les paupières se closent pour échapper à cette rêverie folle. On rouvre les yeux. Elle demeure là, confuse. Pour un peu, on l'imagine balbutier des mots d'excuse, baisser pudiquement le regard, on voit le rouge monter à ses joues qu'elle a pâles. Qui est-elle ?

Soudain, le talkie-walkie d'un garde de sécurité résonne à mes oreilles. Je retombe dans le fracas de la réalité.

Sabine, qui a deviné mon trouble, me saisit par le bras et m'entraîne devant d'autres toiles : des natures mortes, des marines, des paysages, des vanités, des scènes de genre. Entre deux toiles, elle me raconte sa dernière escapade à Rome : elle a profité d'une escale pour retourner voir la Chapelle Sixtine. C'est la dixième visite des lieux. Elle en a encore mal à la nuque ! Au bout d'une heure trente de visite, nous gagnons en bus notre restaurant préféré.

Deuxième partie

V

Il arrive quelquefois que les mots deviennent chuchotements, que les conversations s'éteignent doucement au fur et à mesure que le temps et la nuit avancent. Ce soir-là, un événement curieux se produisit. Il suffit que Sabine prononce le nom d'un homme pour que je bascule d'un état de flottement à une panique intense. D'un coup, mon cœur se mit à battre si fort que je crus qu'il allait sortir de ma poitrine. Dans ce restaurant italien, à l'angle de notre rue et du boulevard Haussmann, on nous avait placées à notre table habituelle, un peu à l'écart de la salle principale. Il m'était presque impossible de couper mon escalope milanaise ou de porter le verre de chianti à mes lèvres sans que l'on remarque le tremblement de mes mains. Oui, il suffit d'un nom. Sabine le prononça innocemment. Elle l'évoqua le plus naturellement du monde. Il s'agissait ni plus ni moins du nouveau propriétaire qui venait d'acquérir l'appartement du deuxième étage, inoccupé depuis près de deux ans. Seulement, elle ignorait qui se dissimulait derrière ce nom. Elle perçut rapidement mon trouble et tenta de me réconforter, tout en s'efforçant de comprendre ce qui avait pu déclencher pareille émotion.

– Qu'y a-t-il ? s'étonna-t-elle.

– Rien… Ce n'est rien.

– Enfin, ne dis pas n'importe quoi. Si tu voyais ta tête !

– Je t'assure, je vais bien. J'ai dû avoir une légère chute de tension, rien de plus. Cela m'arrive depuis quelque temps. Je suis fatiguée en ce moment. Ne t'en fais pas.

Peu à peu, je parvins à recouvrer mon calme en monopolisant des trésors d'énergie souterraine et en prenant de profondes inspirations. Enfin, la boule qui m'obstruait la gorge fondit comme le givre des rivières au printemps. Malgré tout, mes pensées demeurèrent accaparées par ce nom qui n'était vraisemblablement qu'un pur hasard et qui n'était pas obligatoirement porté par l'homme auquel je pensais.

Sabine reprit le cours de son histoire, mais je ne l'écoutais plus avec attention. Je m'en voulais d'être si distraite et lointaine, de la regarder sans la voir. Dans la salle du restaurant, où continuaient de tourbillonner les serveurs chargés d'odorants plats de pâtes et d'immenses pizzas encore fumantes, j'entendais à peine la mélodie sucrée des chansons italiennes diffusées en boucle depuis notre arrivée. Le choc me rendait sourde à tout ce qui se passait autour de moi. Un terrible sentiment de culpabilité s'empara de moi, lorsque, sur le chemin du retour, Sabine me demanda si je serais disponible afin de l'emmener à l'hôpital pour une intervention qui devait avoir lieu quinze jours plus tard et dont elle venait de me parler dans les moindres détails. En fait, j'aurais été incapable de dire de quoi il s'agissait exactement. Mécaniquement, je lâchai un « oui » sans relief. La honte me pinça le cœur. Quelle égoïste je faisais ! Dire qu'elle avait toujours été là pour moi quand j'avais le moral au plus bas, quand j'étais au fond de mon lit, fiévreuse et nauséeuse… Voilà que j'avais le sentiment de la trahir et de la laisser tomber. Nous nous quittâmes sur le pas de ma porte. Avant de la laisser grimper jusqu'à son perchoir, je l'embrassai chaleureusement et lui souhaitai une bonne nuit et du courage pour cette opération. Une fois chez moi, je me postai à la fenêtre et en ouvris les deux battants. Je posai mon regard loin dans la nuit et, curieusement, j'évitai de jeter un coup d'œil aux fenêtres de l'immeuble d'en face. Je me laissai envahir par le silence de cette nuit qui, je le craignais, serait sans doute blanche. Puis, comme tous les soirs, je mis le CD. À peine la mélodie du piano parvint-elle à mes oreilles que mes doigts s'animèrent. Sur le rebord de la fenêtre, mes mains se mirent à jouer cet air, toujours le même…

Oui, cette mélodie obsédante, tantôt lente, tantôt emportée, m'apporta calme et réconfort et me permit miraculeusement de glisser dans la douceur d'un sommeil réparateur. Certes, je me réveillai tout de même plusieurs fois au cours de la nuit. Je songeai encore à ce nom qui, malgré moi, résonnait à mes oreilles. Il me semblait entendre quelqu'un le chuchoter, posté derrière moi. Puis de plus en plus fort, la voix répétait, martelait, finissait par hurler le nom avec un rire sardonique. Devant mes yeux, les sept lettres s'affichaient en rouge sang, à d'autres moments en noir ténébreux, puis en majuscules déformées, pour disparaître et resurgir comme la menace imminente d'une prophétie diabolique. Comment savoir à qui appartenait ce nom, puisque sur la boîte aux lettres, il n'était suivi d'aucun prénom ? Je savais seulement qu'il était porté par les membres d'une grande famille de la noblesse polonaise depuis le XVIIe siècle. Mais comment percer ce mystère ? Il me vint une idée : je pourrais m'adresser à notre concierge, madame Lopes.

En plus d'être une infatigable nettoyeuse et une travailleuse dévouée, Fatima Lopes était, d'une certaine manière, un service de renseignements hors norme. Elle m'avait appris, entre autres, tout ce que je savais sur les habitants de nos deux immeubles, voire du quartier. Si elle parlait des gens, c'était plus pour s'émouvoir de leur sort et tenter d'apporter un soutien à sa mesure que pour en dire du mal. Souriante et prête à rendre toutes sortes de services, elle inspirait la confiance – tous les habitants de la maison lui avaient remis un double de leurs clés. Sa réputation allait même au-delà de chez nous. On la sollicitait pour nourrir les chats sur-alimentés et grassouillets, les canaris dépressifs et les hamsters neurasthéniques du quartier, arroser les plantes, ouvrir les portes aux plombiers et autres artisans, remplacer une femme de ménage malade. Elle savait rendre leur transparence aux vitres, faire briller l'argenterie et les cuivres comme personne et, qui plus est, sans utiliser le moindre produit miracle issu du commerce de la propreté domestique. Régulièrement, les Fouchet faisaient appel à ses services de nettoyeuse, de sorte qu'elle passait souvent quelques heures dans leur cuisine à astiquer les plats, les couverts, les vases et autres bibelots en argent ou en cuivre. De là, elle entendait les conversations, les soupirs, les silences et, de temps à autre, les disputes qui tournaient toutes autour du brûlant sujet des placements financiers. Plus d'une fois, je lui demandai de me rendre quelques menus services ; au fil du temps, elle apprit à détecter à quel moment j'avais besoin d'elle sans que je lui en souffle mot. Elle devinait au son de ma voix si j'étais fatiguée ou malade. Deux ans auparavant, je m'étais retrouvée clouée au lit avec une mauvaise bronchite qui s'éternisait. Pendant près de quinze jours, elle m'apporta religieusement des repas : ce fut au fond de mon lit que je découvris les délices de la cuisine portugaise, notamment les plats de poisson et la charcuterie goûteuse. C'est certainement naïf à dire, mais ce fut à cette occasion que je pris conscience de la gentillesse simple et sans artifice de cette femme.

Sans elle, rien n'aurait fonctionné dans nos deux immeubles. Indispensable « petite main » qui rendait la vie des locataires plus facile, qui coordonnait, jouait les intermédiaires, écoutait les habitants et les représentait éventuellement, elle faisait vivre notre pâté de maisons comme un meunier fait tourner son moulin. Omniprésente, disponible, offrant à chacun son sourire méditerranéen au cœur des heures obscures de l'hiver parisien, elle avait toujours un mot aimable pour chacun. Mais qui savait que derrière la douceur de son sourire se dissimulait une vie marquée par la tristesse et la tragédie ? Depuis le suicide d'Armando, son mari, six ans plus tôt, elle partageait sa loge avec son fils Jorge, étudiant en pharmacie. De cet épisode tragique, elle parlait peu ; le seul fait d'évoquer le prénom de son mari lui faisait venir des larmes. Je savais qu'elle n'avait rien vu venir.

La tristesse s'était installée sournoisement dans les yeux d'Armando, elle y avait fait son nid petit à petit pour ne plus le quitter. Je le connaissais peu, il me faisait l'effet d'un homme réservé, discret, pas franchement causant, presque sauvage. Un cocktail détonnant de tranquillisants et de somnifères avait eu raison de la robustesse de son cœur. Il était parti un soir de novembre après une soirée ordinaire. Une fois le dîner terminé, il avait aidé sa femme à ranger la cuisine. Tous deux s'étaient ensuite calés dans le canapé de leur salon-cuisine-salle à manger, ils avaient allumé la télévision, regardé le journal de vingt heures en sirotant leur tisane. Après le film, il s'était déshabillé et avait fait sa toilette. Pour donner le change jusqu'au bout, il avait, comme à son habitude, préparé ses vêtements du lendemain, qu'il avait soigneusement disposés sur le tabouret de la salle de bains. Il s'était glissé dans les draps frais du lit matrimonial, avait pris la main de sa femme dans la sienne et l'avait embrassée en lui souhaitant une bonne nuit. Aux petites heures du jour, son épouse s'était levée pour satisfaire un besoin naturel. En se recouchant, elle s'était fait la réflexion qu'elle se rendormirait assez vite car, pour une fois, Armando ne ronflait pas. Après avoir entendu les trois stridentes sonneries du réveil, Fatima avait poussé un soupir et s'était levée nonchalamment. Elle avait appelé Armando. Pas de réponse. Elle s'était approchée de lui, l'avait secoué doucement. À peine avait-elle posé sa main sur lui qu'elle avait été saisie d'une profonde douleur dans sa chair : Armando était froid comme le marbre ! La chimie avait fait son œuvre.

VI

Une semaine plus tard, tandis que je traversais la cour pour aller au travail, les abords du hall d'entrée me semblèrent résonner d'un brouhaha inhabituel. L'espace était empli de grincements de portes répétitifs, de sifflements, de grosses voix et de rires tonitruants. Des pas pressés dévalaient les marches du bâtiment A, des objets glissaient bruyamment sur le sol. L'ascenseur ne cessait de monter et de descendre. Par curiosité, je grimpai les marches. Au fur et à mesure que j'avançais, une odeur âcre de cigarette et de sueur me prit à la gorge. Au deuxième étage, je découvris les deux battants de la porte d'entrée ouverts. À l'intérieur, tout était neuf. Cela sentait la peinture fraîche et la colle. Le parquet avait été poncé et verni, les murs étincelaient de blancheur. C'était le nouveau propriétaire qui emménageait dans l'appartement du pendu !

Je restai là, plongée dans mes souvenirs des anciens occupants, lorsque j'entendis des pas du fond de l'appartement. Puis se dessina le profil de deux personnes, dont l'une m'était familière. C'était lui, pas de doute, mais sa démarche avait changé. Je n'aurais su dire quoi. À mesure que les murmures s'approchaient, je reconnus sa voix caverneuse. L'espace d'un instant, il tourna la tête dans ma direction. Je restai figée. Ses yeux étaient dissimulés derrière d'épaisses lunettes noires. Reprenant mes esprits, je redescendis les escaliers à la hâte. Mon cœur battait à cent à l'heure. C'était lui ! M'avait-il reconnue ?

En descendant, je croisai une armée d'hommes jeunes et musclés. Ils ne cessaient d'aller et venir, d'entrer et de sortir, tous chargés de cartons et de meubles soigneusement emballés. Un mastodonte aux bras tatoués sifflotait, un autre colosse chauve et barbu chantait. Un géant à tête de sumo et au corps d'athlète, que je rencontrai au bas de l'escalier, me sourit fort poliment et me souhaita une bonne journée. Pourquoi un tel sourire ? Probablement pour m'inviter à adoucir les traits de mon visage naturellement sévère. Mon expression devait ressembler à la journée qui m'attendait : triste et démoralisante. L'arrivée de ce nouveau voisin m'avait totalement déstabilisée. Heureusement, une petite voix me dicta d'endosser un masque de bonne volonté. Un demi-sourire aux lèvres, je m'engouffrai dans le métro, où les bataillons de travailleurs arpentaient déjà les couloirs souterrains du monstre tentaculaire. Le long des quais s'agglutinait une foule d'hommes et de femmes aux regards vides et aux visages fermés, prêts à prendre d'assaut les rames qui s'ouvriraient bientôt devant eux.

Ce matin-là, j'arrivai très en avance. Étais-je partie plus tôt que d'habitude ? Devant la porte de mon bureau, mon cœur frémit. La lumière était allumée dans celui de mon chef. Bizarre. Je passai la tête à l'intérieur, et ne vis pas ses affaires. Je soupirai. Ces tubes de néon allumés ne me disaient rien qui vaille. Cette journée commençait mal. Je m'installai. Subitement, une voix aussi douce que mielleuse m'accueillit : « Bonjour Anna ! Déjà en poste ! C'est une très bonne chose. »

Koekelberg ! Que fichait-il ici ? À cette heure ! Ce n'était pas dans ses habitudes. D'un bond, le voilà devant moi. Il me serra la main avec un sourire factice avant de s'en retourner à son poste de travail. Décidément, il était étonnant de voir comment cet animal à l'allure pachydermique parvenait à se mouvoir avec une discrétion reptilienne et une précision presque féline. Une fois de plus, il avait réussi à me surprendre. Il était toujours là où on ne l'attendait pas ! À peine s'était-il assis à sa place qu'il m'appela :

– Anna ?

Je ne répondis pas.

– Anna ? reprit-il.

Je m'obstinai dans mon silence. Il finit par décrocher son téléphone :

– Anna, vous pouvez venir ?

– J'arrive. Je ne vous ai pas entendu. D'une pièce à l'autre, le son passe mal.

– Asseyez-vous. Je vais vous dicter une lettre. « Cher Monsieur le Président… »

Je l'interrompis pour lui demander l'objet du courrier, qu'il oubliait systématiquement, histoire de voir si je suivais ses propos. Le voilà parti dans ses phrases fleuves et ampoulées destinées à flatter l'ego du destinataire, lequel n'y verrait que du feu. Le ton était toujours bienveillant et amical, mais qu'on ne s'y trompe pas, il savait où il voulait en venir et parviendrait à ses fins quel qu'en fût le prix à payer. Tout en dictant, il marchait de long en large. Ses yeux étaient perpétuellement en mouvement. Parfois, il me faisait presque penser à un lézard prêt à prendre la fuite à la moindre alerte. En terminant une phrase, il pianota sur les touches de son téléphone fixe et tenta de joindre un collaborateur inévitablement abscnt à cette heure.

– L'heure, c'est l'heure, s'énerva-t-il en regardant sa montre. Avez-vous le numéro de portable de Savagnac ? me demanda-t-il.

– Dans mon répertoire électronique.

– Vous ne le connaissez pas par cœur ? Vous devriez, c'est important, me déclara-t-il d'une voix posée mais pleine de reproche.

– Je connais le vôtre. Monsieur Savagnac n'est pas mon patron. Si vous voulez, je peux vous le trouver tout de suite ?

– Hum, hum, enfin… Tâchez de le retenir.

Il se remit à pianoter sur les touches de son téléphone et tomba enfin sur un sous-fifre qu'il ne connaissait pas et dont le nom s'afficha automatiquement sur son écran digital.

– Bonjour, monsieur Brémond. Comment allez-vous, ce matin ? fit-il sur un ton cordial, faussement chaleureux. J'ai besoin de votre aide. Je cherche le taux de pénétration des biscuits Thé vert+ sur le marché français pour le premier trimestre de l'année N-1.

Il écouta quelques instants son interlocuteur.

– Oui, tout de suite. Je vous attends. Je suis dans mon bureau. Merci, je compte sur vous.

J'étais toujours assise, j'attendais que mon chef daigne reprendre le cours de sa dictée, ce qu'il ne fit pas. Il composa le numéro de Pichon, son adjoint.

– Tu peux venir, s'il te plaît ? Merci. J'en ai pour cinq minutes. On n'est pas à un quart d'heure près, gloussa-t-il.

Il raccrocha. Sans me regarder, il me demanda :

– Où en étions-nous ?

Je relus la dernière phrase.

– Ah ! Oui… j'y suis.

À cet instant, Pichon débarqua avec un épais dossier sous le bras. Sans un mot ni un regard pour moi, il salua Koekelberg et commença un long rapport sur la réunion de la veille, à laquelle il avait participé à la place de son chef, car ce dernier devait impérativement assister à un dîner diplomatique. Devant les interminables palabres de Pichon, ses sourires figés, ses courbettes et autres manières de carpette vénale et soumise, je me levai, car j'avais une montagne de dossiers à faire avancer.

– Non, non, restez, Anna. Nous terminons, nous terminons, fit Koekelberg avec un geste impatient de la main.

On frappa à la porte. C'était Brémond. Il avait réussi à dégoter les chiffres. Apparemment, l'opération n'avait pas été simple.

– Revenez plus tard, lui lança Koekelberg.

Brémond me regarda d'un air ahuri. Je lui fis signe de partir. Les palabres reprirent de plus belle. Entre tapes sur l'épaule, éclats de rire, fausses confidences, petites blagues familières, ordres à peine exprimés et à exécuter séance tenante, Pichon se fit gentiment remonter les bretelles. Koekelberg le retint plus d'une heure trente – et moi avec. Résultat, Pichon arriva en retard à son rendez-vous. C'était le but de la manœuvre : lui faire louper son début de journée pour le déstabiliser. Koekelberg avait été embarrassé parce que la personne qu'il cherchait à joindre ce matin, un certain Savagnac, n'était pas arrivée à son poste. Ce détail anodin avait suffi à le contrarier. Considérant que sa journée n'avait pas commencé comme il le souhaitait, il prenait un malin plaisir à gâcher celle de ses subalternes. C'était tordu, seulement voilà : il était tordu.

Se plantant devant moi, il me lança, avec un sourire :

– À tout de suite !

Il sortit. Pour aller où ? Lui seul le savait.

Dans son grand bureau soudain vide, je me trouvai bête. Je retournai à ma place. À cet instant, le numéro de son téléphone portable de voiture s'afficha sur mon écran digital. Je décrochai et j'entendis sa voix à l'autre bout du fil :

– Me revoilà, Anna. Où en étions-nous ?

Je réprimai un soupir. Il reprit sa dictée, m'indiqua les paragraphes à modifier. Entre trois ordres et deux contre-ordres, il annula quatre rendez-vous, me fit appeler des collaborateurs que je dus faire sortir de réunion.

Midi approchait. Déjà ! Je n'avais rien fait de la matinée – ou plutôt je n'avais rien fait de ce que j'avais prévu de faire. La faim me tenaillait. Je décidai de partir déjeuner et rejoignis avec bonheur Marie-Christine, une de mes homologues. Elle avait la rude tâche d'assister le directeur général des achats, un autre névrosé narcissique. À chacune son cas d'étude psychiatrique. Tandis que nous évoquions nos prochaines vacances dans la file, qui grossissait devant la caisse de la cantine, je jetai un œil sur mon plateau sur lequel fumait du poulet rôti. Rien qu'à le regarder, j'en eus l'eau à la bouche. Une fois assises l'une en face de l'autre, nous poussâmes un soupir de soulagement. Enfin la pause-déjeuner : nous ne l'avions pas volée ! Pourtant, je ne dégusterais pas cette aile charnue qui me faisait tant envie. Koekelberg en avait décidé autrement. Par l'intermédiaire d'une secrétaire de département, il me fit appeler sur mon téléphone portable privé. L'ordre était formel : le dossier Villeneuve – qu'il avait volontairement oublié sur son bureau – devait lui être livré par coursier à l'hôtel Meurice, où il avait rendez-vous à quatorze heures précises. J'étais contrainte de quitter la table et d'abandonner Marie-Christine. Elle tirait une tête de trois pieds de long. À cette heure très creuse, il me faudrait dénicher un coursier dévoué qui accepterait cette mission que je savais imaginaire, inventée par mon pervers de patron. Vers quinze heures, la voix suave et délicate d'une réceptionniste de l'hôtel Meurice me demanda où il fallait faire livrer le pli destiné à monsieur Koekelberg. Évidemment, celui-ci avait annulé son rendez-vous à la dernière minute. Je gardai mon calme, mais fulminai intérieurement. Je devais me maîtriser, accepter ses bassesses. En toutes circonstances. Je ne lui ferais pas le plaisir de me voir craquer.

Sur ces entrefaites arriva la douce Marie-Christine. D'un air apitoyé, elle me tendit un paquet de biscuits au beurre salé – précisément ceux qui, en plus d'être saturés de beurre, le sont autant de sucre et de sirop de glucose ! Comment résister quand on a l'estomac vide ? On ne résiste pas. Un point c'est tout.

Enfin, quelle mouche avait piqué mon chef aujourd'hui ? Il était pire que d'habitude. Certes, il avait été contrarié... Mais oui ! Voilà qui expliquait tout : j'avais commis l'irréparable erreur de le contredire ce matin en lui déclarant que je n'avais pas à connaître par cœur le numéro de Savagnac. Je ne voyais pas d'autre explication. Les pervers ne supportent pas l'idée d'être contredits et ont une soif obsessionnelle de vengeance. Ce que l'on prendrait habituellement pour des broutilles ou des enfantillages revêt pour eux une tout autre signification, car derrière les contreforts de leur intelligence supérieure, ils se comportent comme des enfants capricieux.

L'après-midi se poursuivit. Jusqu'à dix-neuf heures, il n'eut de cesse de me joindre – de me harceler, devrais-je dire – par téléphone. Tout y passa : commandes et livraisons de fleurs et de vins, réservation des vacances d'hiver, contacts avec les agences immobilières, prises de rendez-vous chez l'ostéopathe, le coiffeur de madame pour la soirée Grandchamps, commande d'un vaccin pour leur chien. Une journée ordinaire de boniche. Le harcèlement joue précisément sur la répétition, car celle-ci conduit à l'usure, qui conduit à la démotivation puis à la lente destruction de la victime, en l'occurrence moi ! À cela s'ajoute toute une panoplie de techniques : déstabilisation, contradiction, mensonge, mauvaise foi, arrogance, sans oublier la culpabilisation. Le proche entourage de ces névrosés est assurément coupable et victime. Coupable à tous points de vue, simplement parce qu'il est présent dans son univers.

VII

À soixante-dix-huit ans, Magdalena était une femme très alerte. Elle vivait seule dans son appartement parisien du XVIIe arrondissement, où s'entassaient ses souvenirs de musicienne. En son temps, elle avait été membre d'un orchestre de renom, où elle tenait la place rare et convoitée de harpiste. Elle consacra sa vie à ce très noble instrument et à sa fille, qu'elle tenta d'orienter vers une carrière de pianiste. Dans son petit salon, une harpe trônait face à une cheminée de marbre blanc surmontée d'un trumeau ancien déniché chez un antiquaire du quartier. Dans un angle de la pièce était coincé un piano sur lequel sa fille avait étudié d'arrache-pied. Sur les nombreuses étagères de son salon s'étaient amoncelés des piles de partitions volantes, des livrets de solfège déchirés – car en plus d'enseigner la harpe, elle avait donné des cours de solfège au Conservatoire –, ainsi que des disques vinyles au dos desquels figurait son nom en petits caractères, à côté de celui des principaux interprètes.

Dans sa cuisine aménagée en un joyeux bric-à-brac, elle chantonnait *l'Allegro* du *Concerto pour flûte et harpe* de Mozart tandis que, devant elle, sur le feu d'une gazinière hors d'âge, mitonnait un bœuf en daube dans une cocotte en fonte rouge orangé. Elle en souleva le couvercle et huma les fumets qui montaient délicatement vers ses narines. Malheureusement, le couvercle était lourd, si lourd pour ses vieux bras qu'il s'échappa de ses mains et tomba à terre sur les deux derniers orteils de son pied gauche. Magdalena poussa un hurlement de douleur. Elle demeura immobile un long moment, tétanisée. Puis elle se courba en deux et, de ses mains, elle entoura son pied blessé en gémissant. Malgré la douleur sourde, elle se mut jusqu'à la salle de bains où, dans le fatras de l'armoire à pharmacie, elle trouva avec soulagement un tube de crème à l'arnica. Appuyant sur le tube en métal suintant de pommade par endroits, elle parvint à en extraire une noix dont elle se beurra aussitôt les orteils endommagés, puis elle tenta d'atteindre la cuisine en claudiquant, se précipita vers la porte du congélateur, l'ouvrit avec détermination et constata, agacée, qu'elle avait oublié de remplir le bac à glace. Elle claqua la porte de l'appareil, qui reprit son ronronnement flegmatique. Elle gagna péniblement le salon. Afin de retrouver ses esprits et d'apaiser son cœur qui cognait, elle se laissa choir dans une bergère de velours rose et tenta de se calmer.

Il faut dire que, depuis deux jours, Magdalena était complètement chamboulée. Avant-hier, elle s'était accrochée par la manche de son chemisier à une poignée de porte et l'avait déchirée. Hier, c'était une bouteille d'huile qu'elle avait renversée sur du linge de table. Quant aux objets en verre ou en faïence qu'elle avait fait tomber, ils avaient immédiatement atterri dans la poubelle. Irréparables ! Sans se l'avouer, Magdalena savait que le nom prononcé par Anna, l'autre soir au téléphone, l'avait plongée dans un tourment presque obsessionnel. Elle avait répété les trois syllabes. Inconsciemment, des images avaient afflué devant ses yeux.

« Oh non ! Pas lui… Pourquoi ? » lâcha-t-elle face à la glace de la salle de bains, tout en s'efforçant de remettre en place une mèche rebelle. Ce faisant, son visage prit des teintes cramoisies, elle serra les poings et sentit ses membres se raidir. « Non, non et non ! » murmura-t-elle au fantôme surgi des temps anciens. Qu'était-il devenu depuis tout ce temps ? À quoi pouvait-il ressembler aujourd'hui ?

Les paupières lourdes de Magdalena palpitaient. Elle somnolait. Tout d'un coup, une odeur de brûlé attaqua ses sens et la tira de ses songes. Elle tenta péniblement de se lever, et remarqua que son pied gauche lui faisait mal ; il était enflé. Elle se redressa à l'aide des accoudoirs de la bergère et se dirigea lentement vers la cuisine, d'où s'échappaient une fumée âcre et une forte odeur de viande brûlée. Tant pis pour le bœuf en daube ! Heureusement, il restait des patates de la veille.

À peine eut-elle le temps d'éteindre le feu sous la cocotte et d'ouvrir la fenêtre que la sonnette de l'entrée retentissait. « Mon Anna chérie ! » s'écria-t-elle, dans un élan qui la propulsa dans l'entrée, malgré son pied endolori. La porte s'ouvrit. Devant elle, Anna tenait un bouquet de roses blanches dans une main et une boîte de chocolats dans l'autre. Magdalena prit longuement sa fille dans ses bras. Les habitants du palier entendirent sûrement deux éclats de rire. Magdalena venait d'annoncer à Anna que leur repas serait frugal et assurément chocolaté.

VIII

Dès que la porte s'ouvrit sur le visage de ma mère, je sus que quelque chose n'allait pas. Elle s'efforça de n'en rien laisser paraître. Tout dans ses gestes, ses regards et ses postures trahissait un trouble évident. Elle peinait à reprendre sa respiration. Chose rare, elle avait même réussi à faire brûler notre repas, elle qui passait des heures à faire mitonner ses plats en chantonnant. Après l'apéritif et les questions d'usage, elle me demanda sur un ton de reproche :

– Tu ne me dis rien ?

– Bah ! Il n'y a pas grand-chose de nouveau sous le soleil, tu sais, répondis-je.

– Tu es sûre ?

– Bien sûr !

– Et ce Potocki ? C'est lui, n'est-ce pas ?

Elle avait enfin prononcé son nom : Potocki. Potocki !

– Potocki ? fis-je d'un air faussement indifférent. Oui, c'est lui. Je l'ai aperçu cette semaine. Il faisait sans doute un tour de l'appartement avec son chef de chantier. En tout cas, tout est neuf, il a dû dépenser une petite fortune.

– Dire qu'il est revenu après toutes ces années ! Ce n'est pas croyable ! Il t'a vue ? me demanda-t-elle, troublée.

– Je ne sais pas. En revanche, j'ai noté un détail curieux, il portait des lunettes de soleil… à l'intérieur. J'ai trouvé ça bizarre.

– Mais t'a-t-il vue ?

– Oh ! Calme-toi ! Il a simplement tourné la tête dans ma direction. De là où il était, je pense qu'il n'a pas pu me reconnaître. Et puis j'ai sûrement changé davantage que lui. La dernière fois que nous nous sommes vus, j'avais une vingtaine d'années. Autant dire que nous étions d'autres personnes…

– À tous les coups, il sait qui tu es !

– Qu'est-ce que ça peut faire ? Quel est le problème ?

– Je sais, c'est ridicule…

Je vis le feu envahir ses pommettes slaves habituellement si pâles, et crus apercevoir des larmes à la lisière de ses cils.

– Qu'y a-t-il ? repris-je, agacée.

– Eh bien, tu sais, nous avons tout de même été très proches pendant de nombreuses années.

– Je sais, maman, mais c'est du passé !

– Ce n'est pas n'importe qui. Et il faisait presque partie de la famille…

– Oh, on en a déjà parlé. Tu ne vas pas me reprocher encore une fois d'avoir tout plaqué ?

– Non, écoute…

– C'est le plus grand regret de ta vie, je sais !

– Oui, c'est vrai. Excuse-moi, je ne voulais pas te faire de la peine.

– Essaie de ne plus y penser, c'est difficile, je sais, mais fais un effort. Calme-toi, tu te fais du mal !

– Dis-moi, comment est-il, physiquement ?

– Difficile à dire. De ce que j'ai pu apercevoir, il n'a pas l'air d'avoir trop vieilli. Il a toujours ses cheveux en bataille ! Pourtant, il est différent. C'est peut-être l'âge.

– Remarque, le temps passe pour tout le monde, trancha ma mère. C'est l'une des rares justices sur cette Terre. Tout de même, la vie est bizarre…, soupira-t-elle, songeuse.

– Oui, la vie est pleine de hasards, fis-je.

Ma mère se tut. Dans la salle à manger, on n'entendait plus que les sons familiers : le tintement des verres et de nos couverts sur les assiettes en porcelaine, le raclement de nos gorges.

Je savais que ce nom, Potocki, ravivait un passé autant heureux que douloureux, pour elle comme pour moi. Chacune de nous, silencieuse, était plongée dans ses souvenirs. Après un déjeuner frugal, elle nous servit du café et, dans un geste maladroit, renversa la moitié de sa tasse sur la nappe. J'allai me lever pour chercher une éponge dans la cuisine, lorsqu'elle lâcha, dans un soupir teinté d'exaspération :

– Laisse tomber ! Je m'en occuperai plus tard.

Ce laisser-aller n'était pas dans ses habitudes. Ne voulant pas la contrarier, je lui obéis et restai assise. Pour meubler le silence, je lui racontai, comme chaque dimanche, mes péripéties au bureau. Ces histoires sentaient le rance. Elle eut malgré tout la délicatesse de m'écouter sans m'interrompre. Elle savait que parler m'apaisait et me libérait de toutes les tensions accumulées au fil de la semaine. Elle me regardait tendrement, de ses yeux clairs et doux. Elle évita de prononcer ce nom qui ranimait un passé lourd.

– Ah ! Cela me désole de savoir que tu es malheureuse au bureau ! Tu y passes tellement de temps. Ma pauvre chérie ! C'est tout de même insensé de gâcher à ce point la vie des gens. On n'a pas le droit de martyriser son personnel ! On n'est plus au Moyen Âge !

– Ne t'énerve pas, maman ! Cela ne sert à rien. Tu sais qu'il n'y a pas grand-chose à faire. On ne change pas la nature humaine. L'homme reste un homme : petit, cruel et mesquin.

– Enfin, tout de même ! Tu ne m'ôteras pas de l'idée que c'est inacceptable. On a droit au respect. Sans compter que ton chef vole la société !

– C'est à moi de trouver un nouveau poste. Pour l'instant, je n'en ai ni le courage ni l'énergie. Et il ne faut pas se faire d'illusion, c'est partout pareil.

– Oui, oui, en attendant, c'est tout de même toi qu'on emmerde ! Excuse mon langage… En plus, c'est toi qui en subis les consé-quences ! Il faudrait virer ce type, tout simplement !

– Tu es naïve, maman ! Ce n'est jamais si simple.

– Bah ! Cela devrait l'être ! De notre temps, c'était autre chose. Le travail, c'était la santé !

Je tentai de la rassurer, sans doute pour me rassurer moi-même. Nous changeâmes de sujet et évoquâmes des souvenirs, surtout ceux de ma mère : ses succès musicaux et ses déboires amoureux.

Soudain, une pluie drue frappa violemment les vitres du salon. Je fus saisie d'un frisson. Le ciel s'assombrissait. La nuit tomberait bientôt : il était temps pour moi de rentrer. Je me levai et m'appro-chai de ma mère. Elle voulut se lever à son tour, mais n'y parvint pas.

– Viens plutôt m'embrasser, fit-elle en me caressant la joue.

– Que se passe-t-il ? lui demandai-je, voyant son embarras pour se mettre debout.

– Ce n'est rien. Un peu de fatigue.

– Tu es sûre ?

– Oui, sûre !

Elle m'embrassa vigoureusement comme elle le faisait quand j'étais enfant. Son parfum musqué m'enivra et me transporta loin dans la solitude et le froid de mon lit d'alors. Je me revis, suspendue à son cou, la retenant, tandis qu'elle partait pour un concert où on lui ferait un triomphe.

– Allez, va ! Courage ! À dimanche prochain. On s'appelle ?

– Oui, maman, fis-je, refermant doucement la porte derrière moi.

IX

Dans la rue, la pluie battante crépitait sur mon parapluie. Je marchais à grands pas, sentant les gouttes d'eau qui fouettaient l'arrière de mes chevilles. Les trottoirs étaient luisants ; par endroits, d'énormes flaques s'étaient formées au cœur des aspérités du sol. L'humidité de l'air pénétrait jusqu'à la moelle de mes os. Les rares passants couraient pour échapper à cette pluie glaciale. Dans quelques minutes, j'arriverais chez moi. Je m'arrêtai chez l'épicier pour acheter du pain et une brique de soupe aux sept légumes, garantie en vitamines et riche en sels minéraux. Mon dîner était prêt !

– Bonsoir Ahmed, fis-je en sortant.

– Bonsoir mademoiselle Anna, répondit-il.

La gentillesse et la courtoisie d'Ahmed me firent du bien. Le cœur plus léger, j'atteignis enfin le hall de l'immeuble, où la lumière automatique se déclencha dès mon arrivée. Devant la rangée des boîtes aux lettres, mon regard s'arrêta sur son nom : le seul avec des lettres dorées sur fond noir. Il faut dire que le doré avait disparu depuis longtemps sur les autres noms, devenus blanchâtres. Je poussai un soupir. Mon cœur bondit, je l'entendis cogner jusque dans mes tempes. Je savais qu'un jour ou l'autre je le croiserais… Potocki. Krystian Potocki. Derrière ce nom, il y avait un homme qui avait partagé une partie de notre vie. Il était présent dans mes tout premiers souvenirs. Ma mère et lui faisaient partie du même orchestre, elle en tant que harpiste, et lui... Lui, c'était le maître, le chef d'orchestre. Polonais comme elle, fils de réfugiés comme elle : un lien plus fort n'existait pas. Comme les nombreux immigrés polonais ayant fui la Pologne envahie par les nazis, ses parents avaient tout laissé derrière eux, emportant seulement les images et les souvenirs d'un pays qui ne serait bientôt plus qu'un champ de boue puant la mort, définitivement livré aux affres de la guerre, à ses pluies de bombes et de cendres. Arrivée par le Nord de la France, la famille Potocki séjourna quelques mois dans les environs de Saint-Quentin. Ils gagnèrent ensuite Paris, où ils s'installèrent dans une rue sombre du XIXe arrondissement.

Krystian Potocki grandit dans une famille de la noblesse polonaise déchue et appauvrie par ce déracinement brutal. Son père, un ancien professeur de lettres, trouva par un hasard inouï un poste d'assistant au département des langues slaves de la Faculté des lettres de la Sorbonne. Sa mère, professeur de piano, lui transmit avec passion toutes ses connaissances. Elle comprit très vite que son fils unique n'était pas seulement doué, mais qu'il avait une inextinguible soif d'apprendre : elle confia dès lors sa formation aux plus grands noms du piano.

Il se révéla un enfant prodige, remportant très tôt les plus grands prix internationaux. Bientôt, les maisons de disques se l'arrachèrent ; il enregistra les concertos les plus ardus techniquement. Son nom circulait comme la référence ultime en matière d'interprétation des œuvres de Chopin, notamment pour les polonaises, les nocturnes et les préludes. Il servait le compositeur polonais avec cœur, énergie et génie : était-ce parce que le même sang slave coulait dans leurs veines ? Sous ses doigts, Chopin redevenait le combattant frustré et l'exilé désespéré d'avoir laissé famille et patrie derrière lui. Dans sa fougue et sa virilité, Potocki donnait à entendre la fierté de la nation polonaise, qui se lève et revendique ses droits avec rage et courage, cette nation bafouée, maintes fois rayée de la carte de l'Europe et, chaque fois, prête à résister à l'éternel ennemi russe. Krystian Potocki, le conquérant, l'ardent séducteur, l'aristocrate du piano, celui qui, comme nul autre, savait faire naître l'émotion et plus précisément celle du *zal*, qui n'est autre que le spleen polonais et l'essence même de l'œuvre de Chopin. Pour autant, l'éblouissante carrière de pianiste ne lui suffit pas. La soif et l'ivresse des sommets le guidaient perpétuellement. La consécration ne tarda pas à venir, et il endossa très vite le prestigieux habit de chef d'orchestre. Ce n'était pas n'importe qui, comme le disait fort justement ma mère !

Du haut de mes six ans, j'ignorais tout cela, ne voyant en lui que le professeur de musique qui venait m'enseigner les rudiments du piano deux soirs par semaine. Je le revis comme si c'était hier : debout à mes côtés, sa main droite battant la mesure. Assise sur le tabouret, les yeux rivés sur la partition, concentrée sur les notes, mes pieds touchaient à peine terre.

Entre ces deux musiciens, ma voie semblait toute tracée. Ma jeunesse se passa entre les livres d'étude rythmique, les exercices de solfège, les gammes, les auditions, les examens puis les concours. Je fus une élève docile. Progressant vite, travaillant d'arrache-pied, on disait que j'étais brillante. Oui, brillante… Avec un tel professeur, comment ne pas l'être ? Et d'ailleurs, je craignais cet homme. Capable d'une grande douceur, il n'hésitait pas à m'encourager et à me féliciter chaleureusement, mais malheur à moi si je montrais la moindre faiblesse dans l'exécution de la partition, il pouvait me rabrouer vertement et entrer dans des rages aussi violentes que disproportionnées. Sitôt son accès de colère passé, il se confondait en excuses, tout en passant nerveusement la main dans ses cheveux en désordre.

– Pardonne-moi, Anna. Je m'emporte. Je suis désolé. Reprenons tranquillement.

Je ne disais mot. Calmement, je m'immergeais de nouveau dans la mélodie, happée par le souffle et la couleur des notes. Je le voyais fermer les yeux.

– Bravo ! Tu vois ! Tu sais, tu peux aller très loin, m'affirmait-il.

Certes, il m'emmena très loin. C'était un grand bonhomme. Il avait un menton volontaire, un profil d'aigle royal et des cheveux tout ébouriffés. À croire qu'il ne les coiffait que très occasionnel-lement. Avec cela, un regard d'un bleu azur perçant. Une fois que l'on avait croisé son chemin, il était impossible d'oublier ce visage d'où émanaient à la fois une force irrésistible et un magnétisme hors du commun. Il y avait en lui quelque chose d'absolu, de do-minateur et de puissant. Peut-être aussi une sorte d'animalité. Ce qui était sûr, c'est qu'il ne laissait pas indifférent. On imaginait sans mal que les femmes se prenaient facilement dans ses filets, et Natalia, son épouse – une très grande pianiste comme lui –, ne put rien faire contre cela. On ne lutte pas contre de tels hommes, on vit et on souffre avec. Ou on les quitte, mais on reste broyée.

L'esprit encombré de ces souvenirs, je m'apprêtai à traverser la cour pour rejoindre mon bâtiment, lorsque j'entendis soudain la mélodie d'un piano provenant du bâtiment A. Interdite, je m'arrê-tai net et écoutai attentivement. Je rebroussai chemin et décidai de monter l'escalier. J'avançai à pas de loup. Au fur et à mesure que j'approchais du second étage, je ralentis sans m'en rendre compte. Sur le palier, je m'arrêtai. Malgré moi, je collai mon oreille contre la porte. Plus rien. Un silence sourd. J'allais repartir lorsque quelques pas firent craquer le parquet. Nouveau silence. Quelques instants plus tard, la musique d'un piano résonna de nouveau et vint frapper mes tympans. Aux premières mesures, je reconnus les notes : la mélodie de la *Ballade en sol mineur* de Chopin !

Comment était-il possible que j'entende ce morceau et nul autre, précisément au moment où je traversais le hall ? Potocki ! Diabolique Potocki ! Il ne pouvait y avoir de place pour le hasard. Que manigançait-il ? Lui seul pouvait jouer ce morceau derrière cette porte, parce qu'il savait que c'était l'un des trois morceaux que j'avais joués au concours auquel j'avais échoué deux fois ! Celui qui était censé mener à la gloire et à la consécration, à la condition toutefois d'y être reçu premier. Je me le rappelai très exactement. En plus de cette ballade, j'avais présenté deux études, l'une de Liszt et l'autre de Brahms. Je me bouchai les oreilles ! C'était plus fort que moi. Je ne pouvais plus l'entendre. Non, non. Je reculai d'un pas chancelant, j'étouffais, je tremblais. Brusquement, je fus prise de vertiges. Les larmes coulèrent le long de mes joues. J'aurais voulu crier, hurler, courir, m'enfuir. Ce morceau que j'avais aimé, chéri et détesté à la fois… depuis combien de temps me hantait-il ? Cette mélodie était comme une bombe posée sur mon cœur. Elle était restée bloquée au fond de moi. Seigneur, que la beauté était éblouissante et ravageuse ! Elle pouvait faire autant de bien que de mal. Je connaissais le rythme et la succession des notes de chaque mesure par cœur. Il me sembla voir défiler la partition devant mes yeux, les portées danser autour de moi jusqu'à m'étouffer.

Tout le *zal* de la musique de Chopin pénétra en moi comme un venin. Je chavirai. Je ne sais comment je parvins jusque chez moi. Tout ce dont je me souviens, c'est que je me réveillai au cœur de la nuit, tremblante et trempée de sueur, allongée tout habillée sur mon lit défait. Le froid et le claquement de la fenêtre me tirèrent d'un cauchemar : assise devant un piano, je jouais, je ne cessais de jouer. J'étais condamnée à jouer la *Ballade en sol mineur* : neuf minutes et trente secondes d'une partition exquise et d'une éblouissante déclaration de sa passion pour Maria Wodzińska, son premier amour. Ces minutes à elles seules traduisaient tout ce que les mots ne pouvaient dire, relégués à de si faibles vecteurs d'émotion…

Chopin avait le don de dessiner une dentelle de délicatesse, les mains semblaient tour à tour effleurer le clavier pour mieux reprendre possession de l'instrument, le rythme était tantôt calme, caressant, tantôt tendre, voluptueux, puis subitement s'accélérait, s'emballait, s'enflammait et éclatait en mille couleurs. On entendait le battement d'un cœur, quelqu'un parlait doucement, se livrait, vibrait, se déclarait : c'était le trop-plein de passion qui débordait, éblouissant.

Le calme resurgit, disparut de nouveau, revint. Le morceau m'emporta dans un tourbillon d'images, tour à tour douces et violentes : un voile se lève, un cristal se brise, un éclair zèbre le ciel crépusculaire, un oiseau prend son envol, des chevaux se lancent avec fougue dans un galop effréné pour fuir la menace d'une tempête imminente, des mots d'amour se chuchotent derrière l'ombre d'un arbre en fleur.

Les dernières mesures me laissèrent en proie à une agitation extrême. Je fus prise d'une fièvre profonde, souterraine. Une fois de plus, j'entendis cette voix vibrante derrière moi, la voix de Potocki qui ne cessait de m'ordonner : « Allez ! Recommence ! Je veux entendre le *zal* ! Le *zal*, bon sang ! »

X

Quelle heure était-il lorsque je me réveillai au cœur de cette nuit étoilée ? Dehors, la lune éclairait faiblement les toits des immeubles. Je demeurai dans mon lit, immobile et silencieuse. Je repensai au cauchemar d'où j'émergeais à peine et tentai de remettre en ordre les images enchevêtrées. Malheureusement, elles s'effaçaient les unes après les autres. J'aurais voulu les retenir, les figer. Peine perdue ! Un mal-être et une douleur s'emparèrent de moi. J'enfouis mon visage dans mon oreiller pour pousser un cri de rage. Mon rêve m'avait amenée dans les abîmes insondables de ma conscience. J'avais le sentiment étrange d'avoir soulevé les innombrables couches d'une mémoire interdite. Je venais de toucher du doigt un morceau de douleur non digérée. Des mélodies, des fantaisies, des ballades, des nocturnes et des mazurkas teintés de *zal* tournoyaient dans mon esprit. J'entendais la voix de Potocki avec une clarté extraordinaire. Il me racontait Chopin, sa vie, ses abandons, son exil, ses tragédies, son éternelle mélancolie… Une enfance heureuse et épanouie passée à Varsovie entre une mère aimante et un père professeur de français. Adoré par ses frères et sœurs. Surdoué, génie musical, il avait tout pour être comblé. Même une éducation d'un extrême raffinement ! Potocki insistait sur les événements dramatiques qui n'avaient cessé de jalonner la vie du compositeur. Doué d'une sensibilité hors norme, l'homme avait manifesté toute sa vie une tristesse proche de la dépression. Et, ajoutait-il, Chopin avait ceci d'unique qu'il tirait des sonorités nuancées à l'infini grâce à ce doigté qui n'était propre qu'à lui.

« Souviens-toi de tout cela lorsque tu joues Chopin ! » me répétait Potocki. Derrière cette injonction, l'air semblait se charger de menaces.

Dire que par deux fois je l'avais croisé. Krystian Potocki. Moi qui voulais à tout prix l'éviter. Et j'avais fait une découverte étonnante. La première fois, c'était un matin. Il était tôt, je partais travailler. Potocki attendait non loin de la loge de Fatima. Lorsqu'il entendit mes pas résonner au bas des escaliers, il appela :

– S'il vous plaît ?

– Bonjour monsieur, fis-je en me retournant vers lui.

Je m'efforçai de garder entre nous une distance raisonnable.

– Bonjour madame, excusez-moi. Je suis monsieur Potocki, je viens d'emménager au deuxième étage. J'attends la livraison d'un piano cet après-midi. Savez-vous à quel moment madame Lopes sera là pour ouvrir la porte cochère ? Elle ne répond pas.

Sur la porte vitrée de la loge, une affichette indiquait : « De retour en fin de matinée ». Un piano ? Curieux, pensai-je, j'aurais pourtant juré avoir entendu un piano l'autre soir… Je lui répondis malgré moi :

– Vous n'avez pas lu le panneau sur la porte ? Madame Lopes devrait rentrer un peu avant midi.

Le plus surprenant était qu'il portait des lunettes de soleil dans le hall de l'immeuble, déjà sombre. Quelques instants plus tard, j'eus l'explication de cette bizarrerie : il dissimulait une canne blanche le long de sa hanche.

– Ah bon ! Je repasserai plus tard. Merci, répondit-il, gêné.

Potocki… Il était là devant moi ! Je me rappelai mes instants de terreur, ses colères sans retenue, sa toute-puissance ! Je pouvais à présent le contempler. Il était voûté, fatigué, diminué. Sans regard, sans lumière. Il était devenu presque insignifiant. Un homme sans épaisseur. Et il était aveugle ! Je me sentis soulagée, presque heureuse. Le malheur des uns… J'eus honte de mes pensées cyniques et, en même temps, pitié de le découvrir fragile et vulnérable. Avec une lâcheté évidente, je songeai que je n'aurais pas à affronter le bleu de son regard perçant et que je pourrais le croiser sans qu'il me reconnaisse. Dans ma bêtise et ma naïveté, j'avais oublié que la perte d'un sens se compense par le développement d'un autre : si Potocki n'y voyait plus, il devait avoir l'ouïe fine de mille et un chats.

Je le revis à la supérette, en bas de notre immeuble, quelques jours plus tard. Cette fois, il était accompagné d'une femme d'un certain âge, qui lui donnait le bras, le guidait dans les rayons en remplissant le panier à provisions. Ils ne parlaient pas français. En tendant l'oreille, je reconnus le polonais. Je compris ce qu'ils disaient, puisque j'avais été élevée uniquement dans cette langue jusqu'à mes six ans, date de mon entrée à l'école primaire. Alors, j'avais découvert avec bonheur les couleurs de la délicieuse langue de Molière, que j'avais apprise avec ardeur.

À l'époque, il me semblait pénétrer sur un nouveau terrain de jeux. J'avais la soif d'apprendre et la chance d'avoir de la facilité, ce qui ne parut pas surprendre outre mesure mes professeurs. La plupart estimaient que mes origines slaves m'avaient gratifiée du don des langues.

XI

Je grandis entre deux femmes : Magdalena, ma mère, et Sofia, ma grand-mère maternelle. Je ne connus pas mon grand-père Stanislas, mort précocement d'un infarctus. Lorsqu'en 1939 ma grand-mère s'échappa de Cracovie envahie par l'armée allemande, elle avait pour seul bagage sa fille de quatre ans et un sac de vêtements usagés et décousus. Sofia quitta famille et patrie pour ne plus revenir.

Notre arbre généalogique se brisa net, comme un tronc que l'on abat d'un coup de hache et qui tombe dans un funeste craquement : voilà comment nos racines se figèrent et disparurent dans les brumes d'une terre lointaine. Sofia débarqua dans un Paris sale, gris et hostile aux étrangers. Elle eut la chance de trouver refuge dans une institution religieuse dirigée par des prêtres polonais. Celle-ci, située à deux pas de la monumentale église de la Madeleine, dépendait de l'Église polonaise de Paris.

Ma grand-mère et ma mère vécurent là tout le temps que dura la guerre. Toutes deux occupaient une chambrette humide au fond d'une cour. En échange de ce toit de fortune, Sofia s'attelait aux tâches de la cuisine et du ménage au sein de l'institution et réparait aussi tout un tas de choses : des chemises usées aux vestes défraîchies, des pantalons décousus aux vieux mouchoirs, des draps attaqués par les mites aux rideaux déchirés. Elle rendait vie à toutes ces vieilles étoffes qu'on lui apportait. Elle montrait une très haute habileté dans les travaux de couture et était capable de fabriquer des chaussons ou des manteaux à partir de couvertures hors d'âge. Dans ses mains, chaque bout de tissu se métamorphosait pour le plus grand bonheur de leurs propriétaires.

Tandis que Sofia travaillait dur à la cuisine, frottait, nettoyait, usait ses yeux sur des pièces de tissu informes et se piquait les doigts, Magdalena étudiait. Ma mère fut confiée aux soins des prêtres de l'institution, qui dispensaient les enseignements de base aux enfants du quartier ainsi qu'à quelques orphelins en attente d'adoption. Elle fut intégrée dans une classe où se côtoyaient des filles de six à douze ans. À l'époque, garçons et filles étaient strictement séparés.

Grand cartésien devant l'Éternel, le père Dominik se bornait à assurer l'enseignement des mathématiques et de la géométrie. Sévère, rigide et peu enclin aux effusions, il menait une existence d'ascète et ne quittait pour ainsi dire jamais les murs de l'institution. Il ne sortait de sa cellule que pour les prières du matin et du soir, les repas et les cours qu'il donnait aux enfants. Craint par tous, sa seule silhouette sombre et squelettique plantée au détour d'un corridor faisait frissonner et déguerpir quiconque l'apercevait. Son visage blême et osseux, son regard gris et pénétrant provoquaient la crainte et la nervosité ; le regarder dans les yeux était une épreuve insoutenable.

Ma mère endura plus d'une fois ses réprimandes, qu'il distillait devant toute la classe dans un silence de marbre. Sur un ton cynique et monocorde, il débitait les erreurs et les étourderies de chacune des élèves, omettant systématiquement de féliciter celles qui, à ses yeux, étaient non pas les meilleures mais les moins mauvaises.

À l'extrême opposé du père Dominik, le père Janusz affichait une allure joviale et laissait éclater son rire en cascade dans l'enceinte de l'école, de l'aube à la nuit tombée. Polyvalent, drôle et sensible, il enseignait l'histoire, la géographie, le français, les rudiments du latin et le polonais en option. À peine sentait-il fléchir l'attention de ses chères élèves qu'il empoignait sa guitare et s'évertuait à faire réciter la leçon du jour ou de la veille sous forme de devinettes musicales ou de farces ! Pas une de ses élèves n'échappait à sa vigilance. Il savait faire naître l'étincelle dans les yeux de la dernière des « cancres », captiver son auditoire, susciter l'intérêt et l'émerveillement. Là où se logeait la tristesse, il faisait surgir le sourire et l'enthousiasme. Des situations dramatiques, il tirait profit en tournant les faits en dérision. S'il manquait des carreaux aux fenêtres, ce qui était fréquemment le cas, il déclarait aux enfants que cela leur épargnerait la peine de les nettoyer. Lorsque le givre de l'hiver s'accrochait aux branches des arbres de la cour et que les salles de classe n'étaient pas chauffées, il les faisait danser et chanter sur des rythmes andalous. La chaleur de leurs jeunes corps faisait tiédir et vibrer l'air comme le soleil au-dessus du sable brûlant de la terre saharienne. En sa présence, le temps n'existait pas.

Sans s'en rendre compte, ma mère s'accrocha à son sourire et à sa voix caressante. À ses côtés, elle apprit à lire, à écrire et découvrit le bonheur de produire des sons en faisant glisser ses doigts sur les cordes de la guitare de ce professeur hors norme. Auprès de lui, elle trouva inconsciemment le réconfort du père qu'elle n'avait pas et acquit au fil des heures et des années ce socle sans lequel aucun être ne peut s'élancer dans la vie : la confiance en soi.

Au sortir de la guerre, ma mère avait presque dix ans. En plus d'être une bonne élève, elle possédait de très solides connaissances de guitare et de solfège. Sur les conseils du père Janusz, on l'inscrivit au Conservatoire de musique de Paris. Pour lui, cela signifiait qu'il serait amené à moins fréquenter son élève, pour laquelle il éprouvait une affection réelle ; pour autant, il ne doutait pas du talent prometteur de Magdalena. Il devint un ami fidèle que l'on avait plaisir à recevoir et suivit de loin les progrès de Magdalena.

Pour Sofia, une telle décision représentait un sacrifice financier conséquent. Ma grand-mère avait trouvé un emploi de couturière aux Nouvelles Galeries parisiennes et se contentait d'un minuscule logement non loin de la rue de Vaugirard, mais elle avait très peu d'argent pour vivre. Or, après toutes ces années sans confort, elle aurait fait n'importe quoi pour voir Magdalena heureuse : ce qu'elle fit dès lors. Lorsque ma mère décida de ne plus gratter les cordes d'une guitare et de s'atteler à l'étude de la harpe, ma grand-mère opposa une résistance de principe mais finit très rapidement par accepter la nouvelle orientation de sa fille.

Heureusement, ma mère était douée et grimpa tous les échelons, passa les examens et concours sans aucune difficulté. Son talent, son intelligence, son sourire et sa grâce étaient ses atouts majeurs : il était presque impossible de lui résister ou de lui refuser quoi que ce soit.

Le temps passait, Sofia voyait Magdalena grandir, s'affirmer, devenir de plus en plus belle et progresser autant sur le front de l'école que sur celui des études de musique. Elle avait l'immense satisfaction de récolter les fruits de ses sacrifices en donnant un avenir à sa fille. Pourtant, son bonheur était un leurre ; il ne se passait pas un jour sans qu'elle songeât à ce pays dont elle avait été chassée par la guerre. Depuis, une autre guerre avait posé les scellés d'un silence insoutenable. Le rideau de fer divisait le monde d'alors en deux pôles ennemis pratiquement sans aucune possibilité de contact entre l'un et l'autre. Les nombreux courriers qu'elle avait envoyés après la guerre étaient tous restés lettres mortes. N'y avait-il aucun survivant ? Son frère, Marek ? Sa sœur, Antonina ? Ses cousins ? Ses oncles et ses tantes ? Un voisin ? Un ami ? Devant cet épouvantable mur de silence, elle imaginait le pire. Sofia devait se faire une raison, elle n'aurait plus de nouvelles de ceux qu'elle avait laissés derrière elle. Régulièrement, son cœur craquait comme un vieux tissu fragile, des flots de larmes inondaient son visage fatigué et elle sentait ses membres pris de tremblements incontrôlés, tel un automate désarticulé.

Impuissante, Magdalena constatait que les crises de larmes de sa mère devenaient plus fréquentes et plus intenses. Pour elle, la Pologne était un pays fantôme, une terre presque inconnue où sa mère avait grandi et vécu, où elle-même était née – une terre qu'elle ne foulerait probablement plus. Malgré tout, ma mère sentait germer en elle une attirance envers ce pays sans visage, elle se sentait amputée d'une part d'elle-même. Si elle se voyait comme un arbuste sans racines, sa mère était un arbre déraciné, rabougri, qui tentait de survivre en France, sa terre d'accueil.

Pour fuir la mélancolie qui plombait les murs de leur petit logement, Magdalena s'échappait dès les fins de semaine. Avec ses amis du Conservatoire, elle jouissait de la jeunesse de ses vingt ans et passait ses nuits accrochée au bar des boîtes de nuit de la capitale. Parmi ses plus fidèles amis figuraient Jean-François Couture, Paul Garnier et Krystian Potocki, tous trois pianistes de formation et promis à de brillants avenirs.

Chacun d'entre eux tomba successivement sous le charme de Magdalena, qui préférait garder ses distances et les appelait ses « petits frères protecteurs », même si elle avait un faible particulier pour Paul, le plus âgé, le plus excentrique et certainement le plus volage. Krystian Potocki incarnait le charme slave – qui, pour elle, n'avait rien d'exotique. Elle savait qu'elle ne lui était pas indifférente et s'amusait à le taquiner de temps en temps en polonais, langue qu'ils partageaient tous deux, ce qui exaspérait profondément Jean-François et Paul. Magdalena savait également qu'une certaine Natalia tournait autour de Krystian.

Jean-François représentait le parfait bourgeois et le gendre idéal, la bonne éducation et le bon goût français. Le problème était qu'il aimait autant les femmes que les hommes. Son allure aristocratique, ses bonnes manières le faisaient passer pour un jeune homme démodé et d'un autre âge, il allait à contre-courant de sa génération, qui se rebellait contre les valeurs anciennes et la morale bourgeoise. La jeunesse en ébullition ne prônait que la liberté totale, la soif d'un renouveau et l'égalité absolue. Il fallait connaître Jean-François pour savoir que, sous ses allures de mondain, se dissimulait un être sensible, en phase avec les idées révolutionnaires de l'époque.

Au cours de l'été 1959, les quatre amis se retrouvèrent dans une boîte de jazz du Quartier latin, après avoir passé le début de la soirée au théâtre. Dans l'ambiance bruyante, survoltée et enfumée de l'endroit, qui ressemblait plus à une cave qu'à un cabaret de jazz, les trois amis ne s'aperçurent pas de l'absence momentanée de Magdalena. Trois quarts d'heure plus tard, lorsqu'elle reprit place auprès d'eux, aucun ne remarqua son trouble. Elle commanda un verre de vodka, un deuxième, puis alluma une cigarette. Légèrement ivre, elle accepta de danser avec les hommes qui venaient l'inviter.

Partout, des couples se déhanchaient sur les rythmes effrénés du rock'n'roll. En fin de nuit, ils quittèrent le cabaret en chantant et en riant bruyamment. Cahin-caha, ils arrivèrent au pied de l'immeuble de Magdalena. La nuit était chaude et moite, les cris aigus des martinets couraient sur la ville. Les trois garçons la regardèrent monter lentement l'escalier, puis chacun partit de son côté, sauf Krystian qui, pour une raison étrange, s'attarda dans le hall du bâtiment.

Lorsqu'un matin de la fin août Sofia découvrit Magdalena penchée sur la lunette des toilettes, elle comprit que le ventre de sa fille abritait un tout jeune occupant qui deviendrait un nouveau locataire, quelques mois plus tard. De longues heures durant, entre douloureux sanglots et hurlements désespérés, mère et fille tinrent conseil à huis clos. Sur la question de la paternité, Magdalena garda un silence total. Pourquoi un tel mystère ? Quel était ce secret ? Après la colère, les cris, les pleurs et les lamentations, il fut décidé que Magdalena garderait son enfant, c'est-à-dire moi.

Il va sans dire que ma vie fut mise en balance lors de ce houleux conseil : la vie, par la voix de la sagesse maternelle de Sofia, l'emporta sur les considérations matérielles, sanitaires, sociales et morales. J'eus la chance d'éviter la voie des anges que connaissaient de nombreux enfants non désirés. Je vins au monde un matin d'avril 1960, promise à une maigre destinée et livrée au seul amour de ma mère et de ma grand-mère. Entre ces deux sourires, dans ces deux paires de bras, je fus bercée et cajolée. Je n'eus pas un père et une mère, mais je fus aimée par deux mères.

Grâce à l'indéfectible soutien de Sofia, Magdalena poursuivit ses cours au Conservatoire et devint quelques années plus tard une harpiste de grand renom. Je grandis doucement entre les chansons et les caresses de la vieille femme, les ballades, les fantaisies, les valses pour piano jouées par Jean-François, Paul ou

Krystian, qui voulaient bien me garder lorsque ma mère préparait ses concerts ou que Sofia avait trop à faire. Je découvris les touches du piano sur les genoux de Krystian Potocki, le plus patient et le plus présent des amis de ma mère.

Appelés à de brillants destins hors de France, Jean-François et Paul disparurent rapidement de notre vie parisienne. C'est Krystian qui convainquit ma mère d'acquérir un piano et qui se chargea de mon initiation. Après mon inscription au Conservatoire, et malgré sa charge de travail et sa renommée croissante, il continua d'assurer ma progression et mon ascension au plus haut niveau. Longtemps, il demeura un proche de notre famille, avant de disparaître brusquement de notre vie.

XII

J'avais quinze ans lorsque, un matin de décembre, je trouvai Sofia assise dans son fauteuil de velours près de la cheminée. Un ouvrage de broderie dans ses mains immobiles, elle paraissait perdue dans ses pensées. Ses yeux grand ouverts regardaient dans le vague. Lorsque je m'approchai d'elle pour l'embrasser, elle ne tourna pas la tête vers moi. Je lui pris la main. Un froid profond envahit mes jeunes membres.

Sofia n'était plus ! Je m'écroulai à terre et laissai éclater de violents sanglots. Longtemps je demeurai à genoux, effondrée à ses pieds, pressant sa main froide dans la mienne. Une avalanche s'abattit sur moi, m'emporta dans les profondeurs d'une nuit glaciale infinie où seuls le sel et la chaleur des larmes me maintiendraient des mois durant au bord de la vie. Le monde devint soudain instable, terriblement incertain. Je savais que mes pas ne pourraient plus se poser sur cette terre désolée sans que j'éprouve doute et méfiance.

Je glissai mes doigts sur ses paupières et éteignis la lumière de son regard bleu. D'instinct, je priai un Dieu longtemps délaissé, le suppliai d'accueillir dans sa bienveillance celle qui avait accompagné mes premiers jours, mes sourires et, je le devinai, celle qui avait présidé à ma vie.

Que serait le monde sans elle ? Un désert froid, peuplé de monstres aberrants dont il me faudrait vaincre les attaques et les sarcasmes ? Qui continuerait de me raconter le chemin de nos origines ? Qui me décrirait à l'envi le parcours de notre famille ? Qui me chanterait les comptines de mon enfance ? Ma douleur ne trouvait pas le repos.

Ma mère s'enferma dans un silence de tombe. Cet événement tragique nous laissait orphelines. Sofia avait été notre dernier lien avec le temps passé, nos origines, le dernier chaînon avec la terre de nos ancêtres. Dans cette longue nuit, la musique m'apporta soutien et réconfort. Au plus profond de mon chagrin, c'est dans l'œuvre de Mozart que je trouvai l'apaisement. Sans relâche, je fis fonctionner le bras de mon tourne-disque, m'abreuvai des mesures divinement tragiques du *Dies irae* et du *Lacrimosa* de son *Requiem*. J'étais stupéfaite par la sensibilité et la justesse de cette œuvre empreinte d'une vérité émotionnelle absolue si proche du sublime. Je parvenais à toucher du doigt quelques parcelles de joie. La musique de Mozart finit de me convaincre que le Beau était une composante incontournable du bonheur, même au cœur de la pire des tempêtes.

Aujourd'hui, dans ma vie monotone, le Beau est à lui tout seul un baume salvateur sur mon cœur à vif. Seulement, la plupart du temps, je n'y prête pas attention. À la question : « Qu'est-ce qui rend l'homme heureux ? », on répond communément que le bonheur, c'est d'abord l'amour, la famille, le plaisir ou la réussite. Mais le Beau ? Pense-t-on jamais à le citer ?

Les signes de beauté sont partout visibles, il suffit d'ouvrir les yeux. La pureté d'un ciel après l'orage, le reflet du soleil sur la mer, autant de diamants posés sur l'eau... Un poème de Rimbaud, la grandeur d'une toile de Rembrandt, la délicatesse d'une mélodie, la légèreté d'une valse. Instants de beauté, instants de bonheur. Pour moi, le Beau crée l'émotion, vraisemblablement parce qu'il me parle, qu'il s'adresse à mes sens et à mon inconscient. Il a le pouvoir de m'illuminer, de m'éblouir, de me surprendre, de me divertir. Certains veulent le posséder, le collectionner. Rien n'est trop beau pour eux. Le Beau devient valeur, se marchande. Pas pour tous, heureusement. Le Beau se fait art et il fait sens. Il élève l'esprit. Il transcende. N'a-t-on pas dit de la musique de Mozart qu'elle était l'œuvre de Dieu ? Beauté divine. Exquises harmonies. La main du Créateur aurait-elle guidé celle de l'artiste ? Ces couleurs, cette lumière sur la toile, la grâce de ce visage aux lignes pures, ces subtils enchaînements de croches sur la partition, tout cela serait-il accompli par un être supérieur à travers le génie de l'homme ? Car le Beau unit les hommes : est beau ce qui plaît universellement. Il ne serait pas si superficiel que cela… Le Beau pénètre au plus profond de moi. Il me fait du bien, me rassure, m'apaise.

Pendant des années, je vécus par et pour le Beau. À dix-sept ans, je passais des heures entières devant le miroir, découvrant mon profil droit et gauche, travaillant la structure de ma chevelure, me maquillant outrageusement, recherchant la perfection dans mon allure, mimant des postures qui n'avaient d'autre but que d'impressionner mon maigre public… Je choisissais mes vêtements avec le plus grand soin, ainsi que mes chaussures et mes accessoires. Je ne laissais rien au hasard.

Quant au piano, il était au centre de ma vie. En plus des leçons de Potocki, je fréquentais assidûment le Conservatoire, et mes résultats faisaient rougir ma mère de fierté. Le Beau me rendait bien mes efforts : j'étais heureuse. À un moment donné, je crus approcher du sublime, le toucher du doigt. Mon travail acharné, mes efforts continus allaient enfin payer. Potocki me glissa un jour qu'il me voyait *aller très loin*. Lui, je pouvais le croire. Nous étions à la veille de ce fameux concours, si déterminant pour enfin débuter ma carrière de pianiste. Je venais d'avoir dix-neuf ans. Potocki ne fut pas seul juge : c'est cela qui fit tout basculer.

XIII

Si on m'avait dit qu'à peine quelques mois après son installation je fréquenterais assidûment Krystian Potocki, découvrant que derrière le masque de son regard éteint existait un homme délicieux, aimable et délicat, et que, sous le lustre et entre les murs raffinés de son appartement, je passerais à ses côtés des heures exquises, je ne l'aurais pas cru. Celui que je considérais depuis si longtemps comme un fantôme brutalement disparu de ma vie se révéla un soutien autant indéfectible que dévoué, même si une réserve évidente perdurait entre nous. De rencontres furtives au bas de l'escalier en échanges courtois aux abords de l'immeuble, de gestes prévenants devant la porte de l'ascenseur en marques de politesse accentuées, il me lança un jour :

– Pourquoi ne viendriez-vous pas prendre le thé dimanche prochain ? Cela me ferait tellement plaisir !

Déconcertée par cette proposition inattendue, je balbutiai une excuse à peine crédible :

– Euh ! Je vois une amie ce dimanche, justement.

– Eh bien, amenez-la ! Plus on est de fous, plus on rit ! répliqua-t-il avec une hardiesse insoupçonnée.

Paralysée de stupeur, j'avais bêtement inventé un faux prétexte. Inévitablement, l'amie en question n'était autre que Sabine. Or, en cette fin de semaine, elle avait pour seul et unique projet de se prélasser dans son canapé tout neuf et de regarder le programme télé du dimanche. Je la suppliai de m'accompagner à ce rendez-vous imprévu et inopportun. Elle finit par accepter l'invitation.

Le dimanche suivant, à seize heures trente tapantes, Sabine et moi nous présentâmes au domicile de Krystian Potocki. Elle en tenue décontractée chic, moi vêtue de mon jean habituel et d'une élégante veste en tweed uni, le tout rehaussé par l'élégance d'un foulard en soie Hermès. J'avais poussé le vice jusqu'à apporter un soin particulier à mon ingérable chevelure blonde tirant vers le roux : j'étais presque élégante. Sur le palier, nous avions l'air de deux jeunes filles qui font leur premier porte-à-porte avec des calendriers de la nouvelle année sous le bras. Je pris mon courage à deux mains et sonnai fort. Des pas rapides se firent entendre. La porte s'ouvrit et, au premier coup d'œil, je reconnus la femme qui avait accompagné Krystian Potocki faire ses courses quelques semaines plus tôt. Yeux bleu lavande en amande. Cheveux blancs étincelants relevés en chignon. Avec un sourire chaleureux et sur un ton presque cérémonieux, elle nous fit entrer.

– Bonjour. Vous devez être la voisine de l'immeuble d'en face, mademoiselle Anna, fit-elle, avant de s'adresser à Sabine : et vous êtes son amie, je suppose. Je m'appelle Agnieszka. Monsieur Potocki vous attend au salon.

Dans cet appartement où tout sentait le neuf, on osait à peine bouger. Pourtant, au premier coup d'œil, je me sentis en confiance. Tout était beau. Simplement beau. Le choix des couleurs murales et des tapis était sobre et harmonieux ; partout se répandait une lumière douce et vaporeuse. Il n'y avait de place ni pour la prétention ni pour le clinquant. Potocki, en plus d'être un génie musical, était un esthète.

L'entrée débouchait sur un large couloir où étaient disposées de part et d'autre de hautes vitrines dans lesquelles une multitude d'objets rares et précieux s'offrait au regard des visiteurs : statuettes en ivoire, petites boîtes en bois d'ébène incrustées de nacre, assiettes et théières en porcelaine de Chine, manuscrits anciens et objets en argent. Aux côtés de ces vitrines, les tiges de plantes rares et exotiques ployaient sous un foisonnement de feuilles aux formes inhabituelles. Aux murs étaient suspendues des scènes de genre, des marines ou des natures mortes du XVIIe siècle, qui provenaient à n'en pas douter de chez les plus prestigieux antiquaires parisiens.

Nous marchions sur les talons d'Agnieszka, étudiant les détails de chaque meuble ou objet qui se présentait à nos yeux. Parvenue devant une porte close à double battant, elle s'arrêta et frappa. Quelques secondes plus tard, elle nous fit entrer dans un immense salon gris clair et blanc. La première chose qui accrocha mon regard fut le piano à queue. Sobre, élégant, racé, noble, noir laqué. L'espace d'une seconde, je crus être en présence d'une panthère noire endormie. Il aurait suffi qu'on l'approche d'un peu trop près pour qu'elle sorte ses griffes et nous mette en garde en rugissant. À gauche, devant une cheminée XVIIIe en marbre rose, deux canapés de velours gris anthracite se faisaient face et, au milieu, sur une table basse, fumait une théière en argent encerclée de tartelettes aux fruits frais. Potocki était assis sur une bergère à oreilles recouverte d'un chintz clair et délicat. Ses lunettes noires sur le nez, ses mains croisées sur les genoux, il nous attendait, presque recueilli.

Nous goûtâmes royalement, dévorant presque tout ce qu'Agnieszka nous présentait. Notre hôte semblait sincèrement heureux d'accueillir des visiteuses, alors même que nous étions pratiquement des inconnues ! Enfin, je parle pour Sabine. J'avais connu un homme, j'en découvrais – secrètement – un autre. Débarrassé de son savoir et de ses théories, il se révélait fort agréable en société. Il s'intéressa d'abord à la vie du quartier, à ses animations, ses commerçants, puis aux habitants de l'immeuble. Il nous interrogea sur nos centres d'intérêt, nos professions respectives, nos goûts en matière de peinture, de théâtre et de musique... Ma voix, d'abord crispée, se détendit peu à peu ; passée la première demi-heure, je parvins même à me sentir parfaitement à l'aise. Tandis que Sabine citait les capitales où elle faisait régulièrement escale, j'évoquai à peine mes études de piano, mettant en avant ma formation supérieure axée sur la linguistique et la communication. Pour sa part, il évoqua brièvement son parcours de pianiste et de chef d'orchestre et préféra nous parler de sa vie à Boston puis en Europe. En revanche, il ne manqua pas de faire remarquer qu'il m'attendait au tournant...

– Oh ! J'aimerais vous entendre, une prochaine fois ! ne put-il s'empêcher de me lancer. Vous avez de la chance, l'accordeur vient la semaine prochaine. Sachez qu'ensuite vous n'y échapperez pas.

– Vous savez, il me reste peu de choses de ces quelques années d'étude, seulement des souvenirs, mentis-je.

– Détrompez-vous, les souvenirs reviennent vite : ils ne demandent qu'à être ranimés. Il peut se passer des choses étonnantes en matière de musique, comme dans tout un tas d'autres domaines, d'ailleurs ! affirma-t-il avec enthousiasme.

Nous passâmes un après-midi délicieux jusqu'à ce que la nuit vienne nous surprendre. Nous prîmes congé de notre hôte. Arrivée devant ma porte d'entrée, Sabine me déclara :

– Ce monsieur est vraiment incroyable ! Sous ses airs de vieil aristocrate, il est tellement moderne ! Et quel esprit ! On n'a pas perdu au change !

– C'est sûr ! confirmai-je maladroitement.

– Dis donc, la pianiste ! Tu caches sacrément ton jeu ! Tu ne m'avais pas dit que tu savais jouer, me taquina-t-elle.

– Depuis le temps, tu sais…

– Que nous joueras-tu, la prochaine fois ?

– Oh, arrête ! J'espère qu'il aura oublié cette drôle d'idée. Après toutes ces années, ce ne sont plus des doigts que j'ai, mais des bouts de bois lourds et engourdis !

Quel mensonge ! Depuis le jour où le verdict était tombé, près de trente-cinq ans plus tôt, oui, depuis ce jour où j'avais échoué si près du premier prix, je vivais dans le tourment ! Pourquoi cet échec ? J'avais beau me raisonner, je ne l'acceptais pas. De rage, j'avais envoyé paître ma mère, mon maître, Krystian Potocki, lui qui m'avait prédit le premier prix. Depuis ce jour, j'avais décidé de mettre un terme à mes études de piano, mais je n'avais pas cessé de jouer. Jouer en cachette, dans l'ombre et la douleur. Jouer entre le silence des murs, dans le secret de la nuit. Jouer pour mieux pleurer et me sauver de moi-même, à en devenir folle, à faire glisser perpétuellement les doigts sur les touches, à faire corps avec l'œuvre, la *Ballade en sol mineur*. Jouer, pleurer, jouer, pleurer et m'enivrer ! J'étais condamnée à jouer et à livrer le feu de mes larmes au clavier.

Je me réfugiai en toute hâte chez moi. J'aurais voulu me barricader, clouer des planches et des verrous partout sur ma porte pour qu'on me laisse en paix ! Vite, j'allumai la radio, histoire de diffuser une musique d'ambiance. Puis avec précipitation, je fis glisser mon scriban derrière lequel se dissimulait une mince ouverture dans le mur. À quelques pas de là, il m'attendait. Dans l'obscurité de la pièce, je devinai sa présence. La main tremblante, je le cherchai à tâtons, un tissu de velours épais le recouvrait et le protégeait de la poussière. Comme chaque soir, je le retrouvais. Hésitante et mal assurée, j'allumai la lumière et, à cet instant, mon cœur se serra. J'éprouvais chaque fois le même bonheur à le retrouver. Il était là, oui, il était indéfectiblement présent, je pouvais m'appuyer sur lui, le toucher, le caresser, l'effleurer. Collé au mur, mon ami, le seul à savoir écouter ma plainte et à m'accompagner depuis des années : mon piano !

La pièce était minuscule, les murs et le plafond, entièrement capitonnés, absorbaient tous les sons. Personne ne soupçonnait sa présence. Pas une lucarne pour éclairer cette pièce – à l'origine, un débarras obscur et poussiéreux – dont j'étais seule à connaître l'existence. Là, je me réfugiais, enfin à l'abri du monde et de sa folie. Je m'installai devant lui et lui racontai mon entrevue avec Potocki et Sabine.

D'ailleurs, j'y songe, il a parlé de tout un tas de choses, en revanche, il n'a pas évoqué sa femme. Qu'est devenue Natalia ? Un mystère de plus.

Assise face au piano, je laissai mes doigts parcourir son clavier. Il me répondit illico, me livrant la mélodie attendue. Je devins automate, marionnette, mes gestes semblaient guidés par une étrange mécanique que je ne maîtrisais pas. Mes mains suivaient la mélodie, rien que la mélodie. J'étais l'esclave du piano, il était mon esclave. De mes yeux clos, des larmes roulèrent sur mes joues cramoisies. Le venin du *zal* s'était emparé de moi.

En un instant, je fus transportée à mille lieues, en cet endroit qui n'existe que derrière mes paupières. La lumière du soleil y est si blanche qu'elle me brûle les yeux. L'air y est si pur qu'il m'étourdit. Les sons touchent une perfection rarement atteinte. Il y a dans cet endroit des accents de bonheur.

Notre corps à corps dura une bonne partie de la nuit. Je finis par tomber d'épuisement.

XIV

J'eus un étrange pressentiment, ce matin de novembre, dès que je parvins aux abords de l'entreprise. Je revenais d'un repos de sept jours, faisant suite au pont de la Toussaint, repos dont j'avais profité pour repeindre entièrement ma cuisine et ma salle de bains. J'étais légèrement courbaturée et, pour corser le tout, j'avais mal dormi. Je levai les yeux vers la tour. Je n'aurais su dire pourquoi, il me semblait que quelque chose ne tournait pas rond. Pas une lumière n'éclairait les deux étages occupés par nos bureaux.

Curieux, pensai-je. L'entreprise comme les humains qui la peuplaient peinait assurément à s'éveiller. Dans l'immense hall d'entrée de la tour, qui abritait près d'une vingtaine de sociétés, tout était comme d'habitude : propre, sobre, silencieux. Derrière un vaste bureau agrémenté d'une énorme plante verte se tenaient deux hôtesses impeccablement maquillées, coiffées. Elles étaient strictement vêtues du même tailleur noir. Dès qu'un visiteur entrait dans le hall, l'une et l'autre redressaient simultanément la tête, arborant automatiquement un sourire poli et figé. J'appelai l'ascenseur. Parvenue au quinzième étage, je découvris avec stupeur que tous nos bureaux étaient plongés dans une inquiétante obscurité. Un silence étrange, troublant, plombait les lieux.

Il me sembla quelques instants endosser le rôle d'un agent de sécurité. Je m'imaginai en train d'arpenter les couloirs, le soir venu, afin de procéder aux vérifications d'usage : éteindre les lumières, débrancher les divers appareils électriques, les cafetières, les bouilloires, fermer les portes et les fenêtres. Seules les issues de secours diffusaient une faible lueur. Il était encore tôt : la lumière du jour était mate et faible. Le ciel chargé de pluie rendait la pénombre à la fois opaque et inquiétante.

Je ne croisai personne. Ou plutôt si, je crus distinguer une silhouette s'échappant au détour d'un couloir. Je parvins enfin devant la porte de mon bureau. Là, mon cœur s'emballa. Je respirai profondément, tâchant de reprendre mon souffle. Je me raclai la gorge, posai la main sur la poignée et ouvris brusquement. Derrière la porte m'attendait un spectacle inouï : le néant ! Tout avait disparu. Le mobilier emporté, le matériel informatique envolé, les téléphones subtilisés, la photocopieuse volatilisée, les placards vidés. La pièce était totalement vide !

Malgré la pénombre, je distinguai quelques stylos et trombones qui jonchaient le sol. Je crus vaciller. Je me précipitai dans le bureau de mon patron. Le même spectacle s'offrit à mes yeux. Je posai la main sur l'interrupteur, l'électricité était coupée. Je sortis hâtivement et ouvris les bureaux voisins. Tous étaient vides. Dans certaines pièces, des câbles avaient visiblement été arrachés à la va-vite, certains fils électriques pendaient, complètement dénudés, des dossiers oubliés étaient entassés dans des coins. Par endroits, des ramettes de papier éventrées témoignaient qu'on avait travaillé là encore peu de temps auparavant. En observant les lieux, à présent déserts, j'en vins à la conclusion qu'ils avaient été débarrassés dans un empressement et un désordre évidents.

Je poursuivis ma quête et montai à l'étage supérieur. Là, le spectacle était quelque peu différent, probablement plus chaotique encore : des bennes à ordures débordaient de cartons, de

classeurs explosés et de dossiers déchirés, d'enveloppes non uti-
lisées, de cartouches d'encre neuves pour imprimantes laser. Le
sol était couvert de détritus. Je dus enjamber des chaises renver-
sées, contourner des bureaux et des armoires métalliques dé-
placés. Il m'était incroyablement difficile de me repérer en ces
lieux, alors que j'y avais circulé pendant des années. Inopinément,
mon regard fut attiré par un cadre de photo traînant sur le sol.
Le verre était brisé. Je ramassai le cadre et, en dépit des bris de
glace et de la faiblesse de la lumière naturelle, je distinguai le visage d'un jeune homme ressemblant trait pour trait à ma collègue
Marie-Christine. C'était son fils, Damien. Adossé à la rambarde
d'un bateau, il portait ses mains en visière pour protéger ses yeux
du soleil. Le vent ébouriffait ses cheveux et apportait une indicible
légèreté à cette photo qui sentait la mer et les vacances.

De nouveau, mon cœur battit à tout rompre, et un mal-être
grandissant s'empara de moi. J'étais dans l'ancien bureau de
Marie-Christine… Je ne pus réprimer un sanglot. Je me frottai les
yeux, me pinçai pour m'assurer que je n'étais victime ni d'une hal-
lucination ni d'un cauchemar. Je ne rêvais pas, j'étais réellement
dans l'enceinte de NSFC. Je jetai un coup d'œil par la fenêtre. De
fortes rafales secouaient les rares arbustes présents sur l'esplanade
aux fontaines, une pluie drue s'abattait sur l'asphalte. Cette vision
me raccrocha à la réalité, car ma découverte venait de me projeter
dans l'incertitude avec une brutalité inouïe.

Que faire ? Où aller ? Qui appeler ? Je voulus composer le numéro de Marie-Christine. Les batteries de mon portable étaient à
plat… Par chance, je vis un téléphone rouge accroché au mur. Je le
décrochai avec désespoir. À l'autre bout du fil, personne. Puis, lentement, j'entendis un message lancinant : « Bienvenue au *helpdesk*
de sécurité, si vous souhaitez poursuivre en anglais, appuyez sur

la touche 1, si vous souhaitez poursuivre en français, appuyez sur la touche 2. »

Je choisis la seconde option.

« Merci, reprit la voix. Si vous souhaitez entrer en contact avec un agent de sécurité, ou pour toute autre demande, appuyez sur la touche dièse. »

Ce que je fis, les mains moites et tremblantes.

Le message se poursuivit : « Pensez à vous munir de votre numéro d'identifiant et indiquez brièvement l'objet de votre appel en choisissant les options suivantes. Écoutez attentivement. Option A : action de sécurité. Option B : action de maintenance. Option C : action de prévention. C'est à vous. »

Je me décidai fébrilement pour l'option A, la seule que j'avais vraiment retenue.

La voix reprit : « Votre temps d'attente est estimé à deux minutes, quarante-cinq secondes. Afin de rendre cette attente agréable, nous vous faisons patienter en musique. »

La mélodie déformée des violons des *Quatre Saisons* parvint à mon oreille. Pauvre Vivaldi ! Sa musique était sacrifiée sur l'autel d'une messagerie téléphonique. Soudain, une voix à fort accent étranger décrocha.

Bonjour, ici Security Corporation, que puis-je pour vous ? fit la voix avec un écho, comme venue d'un monde lointain.

– Bonjour, réussis-je à articuler.

– Allô, reprit la voix. Je ne vous entends pas bien. Parlez plus fort !

– Oui, je vais essayer, fis-je en m'excusant presque.

– Je vous écoute. Soyez bref ! J'ai d'autres appels en cours.

– Je suis une collaboratrice du Groupe NSFC et…

– Pouvez-vous m'indiquer votre numéro d'identifiant ?

– Pardon ? Quel numéro ?

– Écoutez, je n'ai pas de temps à perdre. Je vous demande votre numéro d'identifiant.

– Je suis… Je n'ai pas de…

– Sans ce numéro, je ne peux pas prendre votre appel en considération.

– Attendez un peu ! Écoutez-moi, s'il vous plaît, c'est très grave !

– Un instant, j'ai un autre appel.

La conversation fut interrompue et la scie des *Quatre Saisons* réattaqua mes tympans. J'aurais voulu raccrocher, mais ce cordon téléphonique était la seule chose qui me reliait au monde des humains ! Je m'agrippai à l'écouteur comme à une bouée de sauvetage, décidée à ne pas lâcher le combiné, tant que je n'aurais pas entendu de nouveau la voix – même hostile – de l'agent de la Security Corporation. L'attente me parut interminable, et le disque ne manqua pas de rappeler qu'il était indispensable de se munir de son numéro d'identifiant.

– Allô, j'écoute. Qui est à l'appareil ? fit une autre voix, roulant les r.

– Oui, allô, fis-je la voix tremblante.

– Puis-je avoir votre numéro d'identifiant ?

– Écoutez, je n'ai pas de numéro d'identi…

– Dans ce cas, je dois interrompre la conversation téléphonique. Nous ne sommes pas autorisés à entrer en relation avec des non-adhérents. Bonne journée.

La voix fut engloutie d'un coup. Le silence m'assomma. Je fus saisie de tremblements et me mis à claquer des dents. Je portai la main à mon visage. Il était baigné de sueur. Je ne comprenais rien. Je venais de basculer dans un monde absurde. J'avais le sentiment étrange que les interlocuteurs avec lesquels j'avais tenté de parler ne faisaient plus partie de la même espèce que moi. Avais-je raté un e-mail annonçant la fermeture immédiate de la filiale ? Il suffit simplement d'un ou deux jours d'absence pour accumuler un retard conséquent dans son travail ou pour qu'un nouveau *process* d'importance soit immédiatement applicable. Étant donné que j'avais été absente une semaine… Une période de quelques jours était largement suffisante pour qu'une décision irrémédiable ait été prise. Je ne voyais pas d'autre explication. Pas un de mes collègues n'avait pensé à me prévenir ou à me laisser un message sur le répondeur de mon portable, c'était insensé. Je n'étais rien. Rien pour personne ! Et Marie-Christine, m'avait-elle oubliée ? La réalité dépassait la fiction : j'en avais la preuve amère et irréfutable.

Tel un spectre vacillant, je quittai l'entreprise, ou plutôt ce qu'il en restait. Je tentai de me renseigner auprès des hôtesses d'accueil. L'une d'entre elles se leva, s'approcha de moi et me demanda de la suivre discrètement. Une fois à l'écart du passage, elle m'apprit à voix basse, sur un ton à la fois compatissant et désolé, que NSFC était en liquidation judiciaire et avait subitement fermé ses portes, le 31 octobre. Bouleversée par la nouvelle, je restai sous le choc, incapable de réagir. Comment se faisait-il que je n'en aie rien su, alors même que j'avais accès aux informations et e-mails confidentiels de mon chef ? Les semaines et les jours précédant mes congés, pas un e-mail douteux, rien dans son agenda n'avait attiré mon attention ? Comment était-ce possible ?

Je sortis de la tour Hartmann et entrai dans le premier bistrot du quartier. Machinalement, je commandai un café crème. Le serveur me répondit qu'à cette heure ils allaient bientôt servir le déjeuner et que je ne pouvais commander qu'un expresso au comptoir. Je regardai ma montre, il était près de midi ! La matinée était passée si vite ! Perdais-je la raison ? La notion du temps ? Les deux à la fois ?

– Euh… Un expresso, alors, fis-je, résignée.

Derrière moi, la machine à moudre le café se déclencha dans un bruit métallique assourdissant. Quelques instants plus tard, le percolateur déversa un liquide noir dans la tasse. Sans délicatesse aucune, le serveur déposa la tasse et l'addition sur la table et se planta devant moi.

– Je dois encaisser tout de suite, il y a changement de service.

– Tenez, fis-je en lui tendant un billet de dix euros.

– Vous n'avez pas la monnaie ? répondit-il, d'un ton un peu exaspéré.

Je plongeai la main dans mon porte-monnaie et, comme par miracle, dénichai le compte. Cet incident me permit de revenir à moi. Il me semblait que je venais d'échapper à une petite mise à mort.

Je ne sais comment je parvins à rentrer chez moi, ce soir-là. Lorsque mes yeux tombèrent sur le cadran de l'horloge accroché au mur de la cuisine, il était près de deux heures du matin. Ce fut à ce moment que je repris conscience, comme au sortir d'un songe ou d'une mauvaise nuit. Que s'était-il passé entre le moment où je m'étais assise devant mon expresso au Café du Parvis et maintenant ? Devais-je m'inquiéter de cette perte de conscience ? Garder mon calme malgré tout ? Mettre ce trou de mémoire sur le compte du choc ? Et si quelque chose de grave s'était produit pendant ce laps de temps, sans que j'en garde le moindre souvenir ?

Tout à coup, j'eus la vision très précise des couloirs obscurs de NSFC, que j'arpentais en tous sens. Une image récurrente s'imposait à moi : sur un vaisseau fantôme, j'étais l'unique membre de l'équipage. Et mes collègues ? Comment avaient-ils appris cette

effroyable nouvelle ? Comment avaient-ils réagi ? Malgré la faiblesse des batteries, je vérifiai la messagerie de mon téléphone
portable : vide, désespérément vide. Je n'avais les coordonnées
privées d'aucun collègue, sauf celles de Marie-Christine. À cette
heure de la nuit, il n'était pas convenable de déranger les gens. Je
m'effondrai sur la table de la cuisine et sombrai dans un sommeil
de pierre.

XV

J'avais rendez-vous à dix heures précises dans son bureau : j'étais là, à l'heure dite. On ne plaisante pas avec les horaires dans ce genre d'organisme. À l'heure, elle ne l'était pas, cela va de soi. Assise dans un couloir faisant office de salle d'attente, mon regard ne trouvait nulle part où se poser. De fait, je fermai les yeux. Immanquablement, le clavier d'un piano se présenta à moi et mes doigts se mirent à le parcourir. Je soupirai. Tout à coup la porte du bureau s'ouvrit. Une femme blonde corpulente en sortit et raccompagna un candidat vers la sortie. Passant devant moi, elle rentra dans son bureau et referma la porte avec un bruit mat. Quelques minutes plus tard, elle la rouvrit, passa la tête vers l'extérieur et me demanda :

– Vous êtes madame… ?

– Madame Kaczmajrewski.

– Je suis à vous dans une minute.

Une demi-heure plus tard, elle me fit entrer dans son bureau, où régnait un désordre surprenant. Partout s'entassaient des dossiers, des revues, des journaux, et des livres de toutes tailles, tous de près ou de loin en rapport avec le monde du travail. Sans me regarder, elle pianota sur le clavier de son ordinateur.

– Vous êtes née le 25 avril 1960, n'est-ce pas ? soupira-t-elle.

– Oui, c'est exact.

– Vous avez votre lettre de licenciement sur vous ?

– Oui.

– Montrez voir un peu.

Je lui tendis le document reçu peu de temps après le jour où j'avais découvert la disparition de mon entreprise. Inutile de dire que seul mon courrier avait été posté en retard. Les autres collaborateurs avaient été prévenus par e-mail ou par voie postale en temps et en heure, la veille du pont de la Toussaint. Marie-Christine, que j'avais appelée depuis, m'avait confirmé la fermeture du groupe. Elle avait déjà bien avancé dans ses démarches : elle avait remodelé son CV et commençait à cibler les entreprises susceptibles de l'intéresser. Égale à elle-même, elle semblait en pleine forme. Et à l'évidence, elle l'était. Ce genre d'événement était à ses yeux une opportunité de rebondir et de se lancer de nouveaux défis.

La femme blonde lut rapidement le courrier et ne manifesta aucun signe d'étonnement. Elle continua de taper sur son clavier, me questionna sur mes études, ma formation, les différents postes que j'avais occupés depuis mon entrée dans la vie active. Après avoir inséré toutes ces données dans le système informatique, elle leva le nez et me déclara :

– Votre inscription est validée et prise en compte. Le premier versement de vos allocations aura lieu dans quarante-cinq jours ouvrés.

– Merci pour ces informations. Et… Enfin, je veux dire… Au niveau des offres, auriez-vous des…

– Je vais être très claire. Vu votre parcours et… hum, surtout vu votre âge, je n'ai rien à vous proposer. Votre âge est un handicap.

– Je peux me remettre à niveau, faire des stages ou des formations, ce n'est pas un problème.

– Le problème, ce n'est pas vous, c'est le marché. C'est lui qui commande et décide de tout. Dans votre domaine de compétence, on exigera des candidats entre vingt-cinq et trente-cinq ans, pas plus.

Elle eut un air gêné qu'elle tenta de dissimuler en affichant un sourire générique. Puis, le visage concentré, elle reprit :

– Vous m'avez parlé de stages ou de formations, n'est-ce pas ? J'y pense, j'aurais éventuellement une formation à vous soumettre...

Elle chercha quelque chose sur son bureau, souleva les classeurs, repoussa les revues... Au bout de quelques minutes, elle déterra une brochure défraîchie. Du bout de son index qu'elle imbiba de salive, elle feuilleta, en avant, en arrière, cette énorme revue qui ressemblait à un catalogue de vente par correspondance. Son visage prit subitement une teinte rouge pivoine. Elle finit par se tourner face à son ordinateur et tapa nerveusement quelques lettres sur son clavier. Un sourire illumina son visage.

– Voilà ! C'est ce que je cherchais ! Vous êtes adroite de vos mains ?

– Euh...

– Vous aimez travailler avec vos mains ?

– Oui, on peut dire cela, j'imagine.

– Super ! J'ai justement un stage de broderie ou de réfection de sièges à vous proposer. La bonne nouvelle, c'est qu'il n'y a pas de limite d'âge.

– C'est que...

– À vous de voir !

– C'est-à-dire...

– Il faut vous décider vite. Ces formations sont très prisées. Travailler avec ses mains, c'est relaxant ! Et puis il y a un gisement d'emplois dans l'artisanat, vous savez.

À ma grande surprise, j'eus le sentiment étrange que quelqu'un d'autre prenait la parole à ma place :

– Eh bien ! Va pour la réfection de sièges !

XVI

Je pris le chemin du retour, complètement sonnée. J'approchai de chez moi. Plus que quelques minutes, et j'y serais ! Je traversais le hall lorsque j'aperçus le délicieux visage d'Agnieszka, la dévouée et charmante dame de compagnie de Potocki. Elle s'apprêtait à sortir, un parapluie sous le bras. Lors de notre première visite, la douceur de son regard bleu lavande m'avait littéralement subjuguée. Que serait-il sans elle ? À peine me vit-elle qu'elle comprit qu'il y avait un problème. Elle me proposa de monter boire quelque chose. Me prenant par le bras, elle m'emmena jusqu'au deuxième étage et ouvrit la porte. Elle ôta son manteau et rangea son parapluie. Elle me fit asseoir au salon, pendant qu'elle disparaissait me préparer une tasse de thé à la cuisine.

– Cela n'a pas l'air d'aller très fort ? fit-elle en remplissant ma tasse.

– Effectivement, je mentirais si je disais le contraire.

– Que se passe-t-il ?

– Mon entreprise vient de fermer suite à une liquidation judiciaire. Je reviens de chez Pôle-Emploi.

– Comment ? Oh ! Mon Dieu, quelle affreuse nouvelle ! Je suis désolée pour vous, dit-elle sur un ton plein de compassion. C'est terrible d'entendre ça, les entreprises ferment les unes après les autres. Quand elles ne vont pas jusque-là, elles réduisent leur personnel, ça n'arrête pas. Quelle époque ! Tenez, buvez, cela vous réchauffera, dit-elle en me tendant une tasse de thé.

– Merci, Agnieszka ! C'est vrai, les événements de ces derniers jours ont été plutôt rudes. Et monsieur Potocki ? Il n'est pas là ?

– Si, si, il travaille. Il a beaucoup de choses à régler. Et il est très fatigué. Écoutez Anna… Je suis désolée, je vais devoir vous laisser seule, quelques instants, j'ai une course urgente à faire. Si vous le voulez bien, nous parlerons de vos soucis une prochaine fois. Restez donc là à boire votre thé tranquillement. Vous êtes ici chez vous…

Avant que j'aie pu faire la moindre objection, elle avait déjà disparu. Je me retrouvai seule dans l'immense salon. Seule avec mes pensées et mes soucis. Seule avec le piano…

Je me levai et m'approchai de l'instrument, attirée par sa beauté et sa grâce. Mes mains le découvrirent, l'effleurèrent, le caressèrent, le cajolèrent. Un instant plus tard, j'étais assise devant le clavier, éblouie par sa facture. Je disposais de quelques minutes seulement. Neuf minutes et trente secondes me suffiraient. Prenant ma respiration, je pris possession de lui, jetai mes doigts sur les touches et entamai avec fougue la *Ballade en sol mineur*, comme si jamais plus je ne pourrais toucher un piano d'une telle qualité. Je jouai comme si c'était la dernière fois. Je me déchaînai comme si je tirais ma révérence. Le son, rien que le son, tel le chant du cristal, emplit chaleureusement tout l'espace.

Peu à peu, une douce chaleur gagna mon corps. Mon esprit erra si loin que je fus transportée, emportée au-delà des sommets de la félicité. J'achevai le morceau, exténuée mais heureuse, grisée et tremblante. Je gardai les paupières closes, le temps de revenir à moi et aux choses, lorsqu'un doux parfum venu de l'enfance frappa mes narines. C'était une odeur d'eau de Cologne fraîche, un subtil mélange de mandarine et de cédrat. Une main pesante se posa sur mon épaule. Je sursautai, me retournai et le vis : Potocki ! Je manquai de me trouver mal. Il se tenait debout derrière moi, droit comme un métronome.

Une larme s'échappa de derrière ses lunettes noires. Doucement, sans prononcer un mot, il s'assit à côté de moi. Ses larges mains tremblaient légèrement.

Cette situation me mit mal à l'aise et, en même temps, une peur profonde me saisit. D'une voix douce, il me révéla l'émotion qui l'avait assailli dès les premières mesures du morceau, qu'il connaissait par cœur. Il regardait droit devant lui. Ce fut à ce moment précis qu'il me fit une confidence à laquelle je ne m'attendais pas : ce morceau était précisément celui que la plus brillante de ses élèves, une Anna comme moi, avait présenté au concours de piano, plus de trente ans auparavant. Le ton de sa voix avait changé. Ce détail me troubla. Il parlait avec une douceur et une émotion que je ne lui connaissais pas. Tout dans son discours exprimait la bienveillance à mon égard, alors qu'il pensait me parler d'une autre, celle-là même qu'il avait amenée au plus haut niveau et qui avait tout abandonné après deux échecs aux concours...

Je remarquai un léger essoufflement dans sa voix. Je l'écoutai. Attentive. Il poursuivit, la voix étranglée : officiellement, le jury n'avait pas octroyé le premier prix à *son* Anna, car il avait préféré donner sa chance à un jeune prodige vietnamien. Officieusement, le bruit absurde avait couru qu'il n'était pas du goût du jury que la jeune concurrente joue du Chopin et – chose inouïe – qu'elle porte un nom polonais. Trop d'éléments polonais pour un jury presque exclusivement composé d'anciens immigrés russes devenus français. En cette période de guerre froide, la haine ancestrale entre les Russes et les Polonais se perpétuait dans tous les domaines :

sportif, technologique, social, culturel et musical. Potocki dit son incompréhension, sa colère face à l'injustice et l'arbitraire de cette décision. Il confessa son amertume, ses regrets ; celui-là figurait parmi les plus grands de sa vie. Un deuxième choc l'anéantit plus encore : suite à cet échec, son élève décida de mettre un terme à ses études de musique. Il n'avait pas compris les raisons qui avaient contraint *son* Anna à renoncer à une carrière de pianiste. Mais, dans la vie, il ne fallait pas chercher à tout comprendre.

Et voilà qu'en ce jour il entendait grâce à moi, *une autre Anna*, des sonorités qui l'avaient jadis grisé : c'était précisément cela qui le bouleversait et le plongeait dans ses douloureux souvenirs. J'étais réduite au silence ! La vérité surgissait du passé pour m'éclabousser. Je me mordis la lèvre, tremblante.

Son récit achevé, un silence pesant s'ensuivit. Il finit par se relever à l'aide de sa canne et, comme s'il avait repris ses esprits, se planta devant moi. À cet instant, j'aurais juré voir son regard perçant derrière ses lunettes noires.

– Pour une ancienne élève du Conservatoire qui a tout oublié, vous vous débrouillez plutôt pas mal, fit-il.

Le ton de sa voix me donna l'impression qu'il se moquait de moi, qu'il n'était pas dupe…

– C'est-à-dire…

– C'est tout à fait étonnant, m'interrompit-il. Enfin, rendez-vous compte, Anna, vous avez beaucoup de talent. Ne le gâchez pas ! Vous devez l'exploiter. D'ailleurs, pourquoi ne vous inscririez-vous pas au Concours international des pianistes amateurs ? Vous avez le niveau. Je crois que les inscriptions sont bientôt closes. Il n'y a qu'un critère à remplir : ne pas être professionnel. Contrairement à d'autres concours, il n'y pas de limite d'âge. Les participants viennent du monde entier et d'horizons très divers, on y rencontre aussi bien des employés que des médecins, des étudiants, des re-traités. L'ambiance internationale est formidable ! Pourquoi ne pas vous laisser tenter ?

– En fait…

– Réfléchissez… Je vous l'assure, vous avez toutes vos chances. Et puis… il me reste assez de partialité et d'oreille pour vous faire travailler. Le matériel est ici, fit-il, en désignant le piano.

Sur ces mots, il tourna les talons et regagna sa chambre, me laissant seule face à l'instrument et à mon plus grand démon : la peur d'être moi. De voir jaillir la lumière de mes mains et de la transmettre… Pourquoi ne pas m'autoriser à enfin vivre ma pas-sion ?

.

Troisième partie

XVII

Depuis la révélation de Potocki, mon destin semblait avoir basculé une fois de plus. Je me bornai à essayer de vivre en ayant le moins mal, comme lorsqu'on se couche, le dos endolori, et que l'on cherche la position la moins pénible. Je replongeai dans un passé lointain et amer. J'étais rattrapée par la spirale du temps, l'injustice d'une décision ancienne et la rage qui, à l'époque, s'était emparée de moi et m'avait conduite à prendre une décision irrémédiable, celle de mettre un terme à ma carrière de pianiste.

La vérité dévoilée par Potocki résonna longtemps comme un gong assourdissant. Mes aspirations avaient été balayées par la haine ancestrale entre Russes et Polonais : quelle absurdité ! La colère me donna l'énergie de me relever. Une dernière chance m'était accordée par Potocki lui-même !

Comment renoncer à une telle occasion ? C'était inconcevable ! La possibilité de jouer au grand jour m'était offerte. Inutile de me cacher désormais. Jouer pour mon seul plaisir sous la direction d'un professeur que je savais hors pair : je n'avais pas le droit de refuser. Je scellai tacitement un pacte diabolique avec mon maître d'antan et relevai la tête.

Lorsque, le dimanche suivant, j'évoquai les raisons secrètes à l'origine de mon échec au concours du Conservatoire trente-cinq ans plus tôt, je vis le trouble s'emparer de ma mère… Pas du tout, comme je l'avais imaginé. Son visage devint pâle, et ses yeux se remplirent d'une buée imperceptible. Étrangement, elle resta sans voix, son corps demeura figé. Pas un mouvement qui trahirait sa colère ou son étonnement. Interloquée, je ne pus m'empêcher de l'interroger :

– Que se passe-t-il ? Tu n'as pas l'air franchement étonnée.

– Excuse-moi, ma chérie, fit-elle, gênée, couvrant ses lèvres tremblantes de sa main.

– Enfin, qu'y a-t-il ?

– C'est l'émotion…

– Respire calmement, fis-je en lui prenant la main.

– Oui, je vais essayer.

– Allez, reprends-toi !

– Ce que je vais te dire va te surprendre, car…

– Eh bien, quoi ?

– Je… En fait, j'étais au courant.

– Tu savais, et tu ne m'as rien dit ?

– Anna, remets-toi dans le contexte ! Je n'allais pas te dire la vérité, alors que tu venais de prendre une décision radicale.

– Comment l'as-tu su ?

– C'est Krystian Potocki qui me l'a dit. Ni lui ni moi n'avons compris cette injustice… Nous étions sous le choc, comme toi, sauf que ta décision nous a fait vivre un deuxième choc ! Nous avons pensé qu'il n'était pas nécessaire que tu le saches, puisque de toute façon, tu voulais tout arrêter.

Je la vis fondre en larmes. La douleur du passé revenait avec fracas et fracturait les digues de notre paix fragile. La voir sous ce jour me fit glisser dans un état d'hébétude profonde. Ma mère fut secouée par de violents sanglots. Au bout d'une heure, le calme était revenu. Je choisis ce moment pour lui faire part de ma décision de participer au Concours international des pianistes amateurs. Elle en resta bouche bée. Cette fois, impossible de dire si c'était de bonheur, de surprise ou des deux à la fois.

Après les larmes, un autre passé, heureux celui-là, resurgit. Sur un ton posé, ma mère se mit à me rappeler tous les succès que j'avais collectionnés et oubliés. Sa mémoire était extraordinairement vivace. Je vis luire dans ses yeux l'étincelle d'un bonheur lointain. Je la laissai parler, évoquer cette époque sur laquelle j'avais trop longtemps posé les scellés du silence.

Elle alla ensuite devant la bibliothèque et en ouvrit le battant latéral. Avec une précaution infinie, comme s'il s'agissait d'un objet fragile, elle tira de derrière une rangée de livres une vieille boîte d'archives. Délicatement, presque du bout des doigts, elle souleva le rabat qui fermait la boîte. Prudemment, elle en extirpa plusieurs liasses soigneusement emballées par des élastiques hors d'âge. Sous mes yeux apparurent tout à coup les fragments de mes succès passés et les lambeaux de mon enfance : une multitude de vieux documents, les prix, les diplômes, les certificats, les concours que j'avais remportés année après année, les photos, les coupures de presse qu'elle avait pieusement conservées, tout était là, annoté et daté, soigneusement répertorié.

– Tu te souviens, n'est-ce pas ? fit-elle en me désignant du doigt un prix décerné le jour de mes dix ans.

– Oh que oui !

Elle lut à haute voix un article jauni de sorte que je fus contrainte d'écouter les éloges dont j'avais été l'objet. Derrière l'éclat de son sourire, la vigueur de son enthousiasme et le flot de ses paroles, il me semblait voir jaillir une source trop longtemps obstruée qui refaisait subitement surface dans un bouillonnement impétueux, irriguant sur son passage une terre assoiffée et craquelée de part en part. Un frisson parcourut mon corps. Je restai muette, n'osant prononcer une parole.

Elle ne cessait de compulser les précieux documents, conservés comme des reliques, et de les commenter. Curieusement, une ombre envahit soudain son visage. Ses traits se figèrent. Un éclair d'inquiétude traversa ses yeux :

– Que se passe-t-il ? Tu as l'air toute chose, lui fis-je remarquer.

– Tu sais, Anna, je suis certaine qu'il sait qui tu es.

– Qui ça ?

– De qui veux-tu que je parle ?

– Oh ! Maman, ça suffit avec cette histoire ! Écoute-moi bien : Potocki est aveugle ! Et puis j'ai tout réglé, j'ai légèrement modifié mon nom. J'ai pris soin de mettre Fatima, Sabine et Agnieszka dans la confidence. Pour lui, je suis Anna Kaczmarek, un point c'est tout ! Il s'amuse à m'appeler « mademoiselle Anna » ! Je n'aurais probablement pas dû, je sais, mais il fallait trouver une solution.

– C'est une pure folie. Comment peux-tu être sûre que l'une d'elles ne parlera pas ? C'est si facile de lâcher une confidence… Enfin, il est trop tard pour revenir en arrière.

– Que voulais-tu que je fasse ?

– Je n'en sais rien…

– C'est comme ça.

– On ne m'ôtera pas de l'idée que cette coïncidence est plus que troublante. Venir habiter précisément dans cet immeuble… après toutes ces années.

– Maman, on en a déjà parlé, soupirai-je. C'est le hasard, voilà tout !

– Le hasard n'existe pas, soupira-t-elle. Maintenant il ne te reste plus qu'à jouer et à travailler. Tu progresses ?

– Tu veux vraiment le savoir ?

– Je crois, oui, avoua-t-elle.

Elle avait retrouvé son sourire.

Je me levai et m'approchai du piano, installé non loin de la harpe. Je m'assis devant le clavier et m'immergeai sous le déluge des notes. Je décidai d'enchaîner les trois morceaux que j'avais commencé à travailler sous la direction de Potocki : la *Ballade en sol mineur* de Chopin, le *Prélude* de la *Suite anglaise n°2* de Bach et la *Sonate n°39* de Haydn.

Longtemps après que les vagues des mélodies eurent empli le salon, un épais ruban de silence se répandit entre nous. Ma mère ne dit pas un mot. Je me redressai vers elle, l'interrogeai du regard. Assise sur le canapé, elle demeura silencieuse. Elle avait l'allure d'un automate au mécanisme grippé. Un léger tremblement anima ses lèvres. Je compris que la lumière de la mélodie l'avait bouleversée.

– C'est simplement magnifique, lâcha-t-elle, en applaudissant. Bravo ! Tu as toutes tes chances.

– Tu le crois vraiment ?

– J'en suis convaincue ! affirma-t-elle d'un ton joyeux, en m'ouvrant ses bras.

Je me levai et me jetai à son cou. Puis, comme pour dissiper la gravité de l'instant, elle me fixa droit dans les yeux et reprit sur un ton presque badin, avec de l'amusement dans la voix :

– C'est tout de même mieux que la réfection de sièges, non ?

– Ah ! Ne crois pas cela. Halte aux idées reçues ! Sais-tu que c'est une activité extrêmement difficile ! Cela requiert non seulement de la force dans les mains, mais aussi un sens artistique développé. Il paraît que je progresse, fis-je en riant.

– Ah bon ?

– Oui. D'ailleurs, je travaille tous les matins avec un maître artisan de grand talent. Il a été premier ouvrier de France. Ce n'est pas rien !

– En effet, concéda ma mère.

– Tu vois, il faut avoir l'esprit ouvert.

– C'est vrai ! Tu m'étonneras toujours ! fit-elle, en me tapotant la joue affectueusement.

XVIII

Un vent vif et frisquet sifflait, soufflait, s'engouffrait dans les maisons et faisait claquer portes et fenêtres ; il giflait et frappait les visages, chassait l'air nauséabond de Paris, il poussait les nuages gris de l'hiver qui n'en finissaient pas de s'agglutiner au-dessus des têtes des passants, lâchant ici ou là de furtives ondées. De temps à autre, le ciel était d'un bleu délavé mais, très vite, il s'assombrissait et se chargeait de nouveau de grises boursoufflures. Mars, à l'agonie, s'enfuyait, avril trépignait d'impatience. Le printemps tardait, il luttait contre les derniers relents du froid piquant et du vent hivernal. À l'occasion, il tentait une vague incursion. Timidement, sournoisement, les branches des arbres se déployaient. De-ci, de-là pointaient quelques bourgeons chargés d'une vie nouvelle. Les oiseaux pépiaient de plus en plus fort, s'élançaient sur des filets d'air frais, osaient des vols périlleux, des virages hallucinants de vélocité. Ils étaient en quête de brindilles pour bâtir leurs nids, à l'affût du moindre ver ou moucheron pour rassasier les nouveau-nés de la nichée. Le soleil se hissait chaque midi un peu plus haut dans le ciel, une douce tiédeur caressait les chairs amollies par l'inertie de l'hiver, les jours s'étiraient doucement et gagnaient en longueur, minute après minute.

Exactement quinze jours avant le concours ! J'étais prête ! Dans mon corps, dans mes mains, dans ma tête. Mes journées étaient chronométrées. Lever à sept heures. Trois quarts d'heure plus tard, après une douche tonique et un petit-déjeuner riche et copieux, je filais à mon cours de réfection de sièges dans le XIIᵉ arrondissement. Je n'avais manqué aucune séance depuis le début de mon apprentissage et m'étonnais presque de mon assiduité. Nous étions cinq élèves à rejoindre Jean-René. Chaque matin, il nous ouvrait les portes de son atelier, avec un large sourire qui illuminait son visage rose et rebondi de quinquagénaire. Jean-René distribuait de la bonne humeur à qui en avait besoin, un antidépresseur à lui tout seul ! J'étais la seule femme à fréquenter ce lieu. Deux hommes d'un certain âge suivaient un stage de reconversion, et deux jeunes apprentis étaient également inscrits, tout juste sortis du collège. Ils portaient encore les traces de l'enfance : ils avaient le teint frais des jeunes enfants et, en certains endroits de leur visage, un fin duvet se mêlait aux poils d'une barbe timide.

Nous travaillions, chacun dans un coin de l'atelier, sous l'œil vigilant et expert de Jean-René, qui s'attardait régulièrement auprès de l'un d'entre nous. Il observait, corrigeait et encourageait, il avait le geste sûr et le mot juste : c'était un vrai maître. De lui, nous héritions un savoir-faire de haute qualité. Nous apprenions à choisir un tissu en fonction de l'époque, de la qualité et de l'ossature du fauteuil. Nos techniques étaient celles des artisans d'autrefois, nous utilisions un marteau dénommé ramponeau, du crin de cheval, des aiguilles courbes, des clous portant le joli nom de semences et d'énormes ciseaux. Nous travaillions avec un entrain évident, de la mise en crin, qui exigeait un geste précis, puis à la couture et à la touche finale : le dernier regard avant le départ de notre œuvre. Quelle fierté, quel sourire sincère se dessina sur les lèvres de chacun, lorsque le premier fauteuil fut achevé !

Après la pause de dix heures, midi arrivait vite. Chacun partait alors rejoindre les contours d'un autre monde. Je me glissais avec empressement dans un café, commandais un jambon-beurre que je dévorais goulûment. Allées et venues incessantes, bavardages de comptoir, commérages de quartier, claquements de portes, tintements de verres, de tasses, bruits de vaisselle, rugissements de la machine à café : tout ce brouhaha m'étourdissait. Le temps filait. Je m'en allais vers la deuxième mi-temps de ma journée. J'atteignais la rive droite et ses belles avenues rectilignes. À quelques centaines de mètres de là, derrière les élégantes façades ravalées d'un immeuble du boulevard Haussmann, un maître et son piano m'attendaient.

XIX

Comme chaque jour depuis près de trois mois, je répétai, cet après-midi-là, sous l'intransigeante attention de Potocki. Après Haydn et Bach, j'achevai les dernières mesures de la *Ballade en sol mineur*. Mes doigts venaient de quitter le clavier et étaient chargés d'une chaleur exaltée, comme le sont les membres du corps après un effort intense et soutenu. J'étais légèrement essoufflée, l'angoisse m'étreignait la poitrine. Avais-je enfin passé le cap ? L'air portait le poids des dernières vibrations, qui, l'instant d'avant, avaient empli l'espace. D'un seul coup, le silence envahit le salon, comme la brume se glisse sur les eaux mortes d'un marais, les soirs d'automne. Il se posa lourdement sur mes épaules. Je me courbai sous son poids. Il se répandit dans chaque coin de la pièce. Il résonnait puissamment, comme le bourdonnement d'un essaim d'abeilles. Cruel et douloureux silence ! En d'autres moments, il aurait été bienvenu, voire nécessaire, car sans lui, point de musique, point de parole. Sans lui, ni rythme ni respiration. Le silence se situe à la source même du son et du verbe. En cet instant précis, il atteignit simplement l'insupportable.

Comme d'habitude, j'attendais le verdict de Potocki, ses commentaires, qu'il ne manquait pas de formuler sitôt ma prestation achevée. Il avait chaque fois un point de détail à faire valoir sur le rythme, la sonorité, l'expressivité ou la respiration des phrases ; il

me faisait fréquemment retravailler un passage ou un enchaîne-
ment. Comme dans mon enfance, j'étais l'élève, et il était le maître,
dans sa toute-puissance et de par son autorité naturelle.

Je me retournai doucement vers lui, cherchant sur sa figure un
indice qui aurait pu me révéler un signe d'approbation ou d'insa-
tisfaction, aussi minime soit-il. Rien. Il se taisait. Au milieu de
cet immense salon, il demeurait assis sur une bergère Louis XVI.
Immobile, imperturbable, sa chair pâle, presque diaphane, avait
l'apparence du marbre. Ses mains blanches croisées sur ses genoux
semblaient glacées. Je l'observai, tentant de déceler un frémisse-
ment de ses traits. Rien. Je n'osai bouger. J'éprouvais un malaise
proche de la nausée. Que devais-je faire ? Que devais-je dire ?
Combien de temps demeurai-je assise face au clavier, lorsque soudain, il eut ces mots qui déchirèrent enfin le silence :

– Après une si belle interprétation, il faut savoir se taire !

Un sourire bienveillant se dessina sur ses lèvres et me submer-
gea d'une puissante vague de réconfort. Je ne pouvais recevoir
plus beau compliment. Je me tus et me laissai pénétrer par ses
paroles, tête baissée. Il se leva péniblement et ajouta, avec ce fort
accent de l'Est qu'il traînait depuis que je le connaissais :

– Vous êtes prête.

À son ton équivoque, je ne sus si cette phrase était une question
ou une affirmation. Il ajouta :

– Vous maîtrisez le morceau. Répétez et entraînez-vous jusqu'au
jour du concours, et tout ira pour le mieux. Je voulais vous dire
que je ne suis pas sûr de pouvoir être présent ce jour-là.

Il se racla la gorge, soupira et reprit :

– Je vais devoir m'absenter au cours des prochaines semaines. Mais
cela ne vous empêchera pas de continuer à travailler. Agnieszka
restera ici, et vous disposerez du piano comme bon vous semble.

– Ah ? J'aurais tellement aimé que vous soyez là. Quel dommage !

– Moi aussi, croyez-moi.

– Enfin, on ne choisit pas toujours. En tout cas, je voulais vous remercier pour votre aide. Merci infiniment, monsieur Potocki !

– Je vous ai seulement ouvert les portes de mon salon. C'est vous qui avez travaillé.

– Ne dites pas cela. Sans vous, je n'aurais jamais osé me lancer. C'est énorme, vous le savez !

– Je vous assure que non.

– Merci tout de même, monsieur Potocki !

– Anna ? fit-il, hésitant, avec une gêne dans la voix.

– Oui, monsieur Potocki.

– J'ai une demande à vous faire.

– Je vous écoute.

– Cessez de m'appeler monsieur, s'il vous plaît. Appelez-moi Krystian, tout simplement. J'ai passé l'âge de faire tant de manières.

– Comme vous voudrez, monsieur Potocki, répondis-je machinalement. Oh ! Excusez-moi !

– Je comprends, on se défait difficilement de ses habitudes.

– C'est vrai, Krys… tian.

Stupéfaite par sa demande inopinée, je me contentai d'ânonner son prénom sans enthousiasme ni conviction. À vrai dire, j'osais à peine envisager une quelconque proximité avec cet homme, de quelque nature qu'elle fût. Pour moi, il était et resterait Potocki, un seigneur absolu, détenteur d'une virtuosité pianistique et expressive hors du commun. Il était intouchable.

Il s'apprêtait à quitter la pièce, lorsqu'un pâle reflet du soleil couchant se déposa sur sa frêle silhouette et l'enveloppa d'une douce lumière rosée. Je fus saisie d'effroi. Son corps presque filiforme me fit l'effet d'une chrysalide vidée de sa substance. Je le fixai. Dans la rigidité de son allure, je décelai les vestiges d'une noblesse surannée, une élégance de nature fragile, une droiture presque hiératique. Il avait la grâce d'un échassier, à la dignité exquise dans sa vulnérabilité.

Au beau milieu de son grand salon, il se tenait debout, drapé dans la raideur d'un animal aux aguets ; son corps amaigri semblait peiner à le porter encore, comme si la vie allait l'abandonner. Mon regard s'arrêta sur le relief de son visage. Il me parut fatigué et plus creusé que d'habitude. Je remarquai le pourtour de ses lèvres presque effacé, et son teint empreint d'un étrange flétrissement de cire.

XX

Incroyable ! Inespéré ! Après le succès de la première épreuve éli-
minatoire puis celui de la demi-finale, je parvins à la finale. « Ce
n'est pas un concours comme les autres, m'avait dit Potocki. Il n'y
a ni concurrents, ni rivaux, ni adversaires. Le seul ennemi que
vous puissiez rencontrer, c'est vous. Jouez comme vous avez toujours joué, soyez vous-même et, surtout, procurez du plaisir au
public. C'est la clé de tout : vous donnerez de la beauté au monde.
Là-bas n'existent que l'amour de la musique et l'émotion de la
mélodie. Et vous avez un atout secret : la *Ballade en sol mineur* li-
bère un poison émotionnel très puissant ! Rares sont ceux qui lui
résistent. Ce que je vais vous révéler va sûrement vous paraître
insensé… Mais il faut me croire. »

Il avait baissé doucement la voix, s'était délicatement appro-
ché de moi pour me chuchoter à l'oreille : « Elle est, comment
dire, elle est comme le chant suave des sirènes, la *Lorelei* du Rhin,
vous connaissez ? La *Lorelei*, cette nixe, assise sur les hauteurs
du rocher du même nom, qui coiffait ses cheveux aux reflets d'or
et dont le chant mélodieux envoûtait les marins qui, oubliant
les courants innombrables du fleuve impétueux, laissaient som-
brer leur navire en de funestes abîmes… Oui, c'est cela ! Chut…
Croyez-moi, vous apercevrez des larmes dans les yeux des spectateurs ! » Il s'était redressé, avait tourné les talons, fait quelques

pas hésitants, s'était retourné vers moi pour me lancer un regard complice. Il avait quitté la pièce et refermé la porte derrière lui. Il avait l'air d'un vieux fou.

On a beau voir les jours s'écouler, se dire qu'on a le temps d'y songer et de s'y préparer patiemment, sérieusement, lorsque le jour J arrive, un vent de panique incontrôlable prend possession de soi.

Oui, c'était ce soir, en fin d'après-midi. Les aiguilles couraient sur le cadran, le tic-tac de ma montre me rapprochait à chaque seconde de cette échéance. J'avais franchi les obstacles les uns après les autres : j'aurais dû être fière de moi, nager dans le bonheur. Pourtant non : mon corps ne m'autorisait pas cette réjouissance. J'avais l'estomac noué et les mains moites, mes oreilles bourdonnaient, les muscles de mon dos se tendaient malgré moi, j'avais mal partout. J'avais peur, comme une lycéenne qui passe son bac et perd ses moyens face à l'examinateur. Ce n'était tout de même pas la première fois que je traversais ce genre d'épreuve. Les concours, les examens, j'en avais passés ; certes, j'étais jeune. Et de toute façon, ce concours ne changerait rien à mon existence ! Pourquoi cette peur me paralysait-elle en permanence ?

Dans la loge située non loin de l'amphithéâtre, un bourdonnement de voix me parvint et remplit tout l'espace. Le public affluait, les pas résonnaient sur le parterre en marbre du grand hall d'entrée, les gens se pressaient, se bousculaient comme dans une ruche, la salle serait bientôt pleine. Peu à peu, les voix se muèrent en un murmure qui serrait les temps. Après les derniers raclements de gorge et quintes de toux, le silence se fit sur la salle. Sur l'écran de contrôle accroché au mur de ma loge, je vis les lumières de la salle s'éteindre une à une, et les projecteurs se braquer sur la scène. Les premiers candidats firent leur apparition. Enfin, les notes se frayèrent un chemin jusqu'à mes oreilles. Je me laissai surprendre par la stupéfiante beauté de la mélodie. Qui était ce candidat doué d'un tel doigté ? Impossible de distinguer les traits de son visage tant la qualité de l'image était mauvaise. Le Sud-Coréen ou l'Ukrainien ? Nous n'étions plus que trois en lice. Les yeux fermés, je me laissai porter par la douceur de la mélodie. Le temps s'envola, mon esprit s'égara, indolent. Le deuxième candidat se présenta. Tout comme le premier, il jouait divinement. Avais-je réellement ma chance face à ces deux prodiges ?

Enfin, une voix me dit : « C'est à vous ». Je revins à moi, ne réfléchis plus, grisée et heureuse. Je me levai calmement. Sous ma robe de soie noire, mon corps était parcouru de légers frissons. Je parvins sur la scène illuminée et, là, aveuglée par l'éclatante blancheur des feux des projecteurs, je distinguai à peine les silhouettes des spectateurs, sinon celles des tout premiers rangs. Je le savais, ma mère et Sabine étaient assises quelque part au milieu de cette foule.

Mais lui ? Je ne pus m'empêcher de penser à lui. Était-il là, dans l'ombre ? Il n'était plus temps d'y penser. Je saluai le public et m'assis au piano à queue. Je respirai profondément, me concentrai, levai les mains et posai les doigts sur les touches. La peur me quitta aussitôt.

Je plongeai, m'engouffrai d'abord dans les phrases de la *Sonate n° 39* de Haydn, à l'allure brillante et légère. Mes mains étaient souples et suivaient la succession des notes gravées dans les arcanes d'une mémoire énigmatique. J'enchaînai avec le *Prélude* de la *Suite anglaise n° 2* de Bach, dont j'aimais la structure classique, dense. Je me laissai guider par l'infinie beauté de ces subtiles constructions colorées. Puis, enfin : Chopin, mon préféré, et sa *Ballade en sol mineur*.

La fièvre enivrante du *zal* s'empara de moi. Sans m'en rendre compte, des larmes coulèrent sur mes joues. Après la respiration lente des premières mesures, le rythme se fit ondoyant, capricieux, haletant, puis repartit dans un souffle sombre et mélancolique.

Le piano et moi nous unîmes dans un vibrant corps à corps, un frisson infiniment sensuel. Le divin instrument vivait, résonnait, de même que je respirais et me donnais à lui. De très loin, Chopin me parlait tout bas, me disait les regrets qu'il avait trop longtemps retenus et qui jaillissaient brusquement, avec force et vacarme. Je le devinai soudain joyeux, espiègle, à travers mes doigts, qui tantôt frappaient par saccades le clavier, tantôt effleuraient les touches.

Sournoisement la mélancolie refit surface. Tout d'un coup, la fougue s'invita au détour d'une progression houleuse et, de nouveau, le rythme perdit en rapidité, quelques mesures calmes, apaisées, s'invitèrent, le refrain revint avec les notes mineures du tragique, du nostalgique… Puis voilà qu'encore une fois le rythme repartit dans une envolée exaltante et ébouriffante. La *Ballade en sol mineur* invitait au tangage, au déséquilibre des sens, au tourbillon de l'esprit. Je me sentis vivante, la chaleur gagna tous mes membres et se répandit comme un vin voluptueux dans mes veines.

Une brume m'enlaça, le vacarme des applaudissements, les vivats, le bourdonnement de toutes ces paroles inaudibles se mêlèrent sournoisement à l'aveuglante lumière qui me tombait dessus. Quel était le nom qui venait d'être cité ? Celui de l'Ukrainien ?

J'étais dans une extrême confusion. Sous les tonnerres d'applaudissements, une voix invita les deux autres concurrents à revenir sur scène. Ils furent bientôt suivis par un homme et une femme. Ces deux personnes s'avancèrent devant l'Ukrainien, puis le Sud-Coréen, et les remercièrent pour leur participation. Enfin, se tournant vers moi, ils me félicitèrent et m'embrassèrent l'un après l'autre, tandis que l'homme me remettait une magnifique gerbe de roses rouge carmin.

Je compris. J'avais bel et bien remporté le premier prix ! Je l'entendis de nouveau ! C'était mon nom qui venait de résonner dans les haut-parleurs ! Je pleurais de joie !

Potocki avait eu raison : j'avais gagné ! Comment l'avait-il su ? Avait-il eu une vision prémonitoire ? Ce n'était ni une erreur ni le fruit de mon imagination ! Je cherchai des yeux ma mère et Sabine dans la foule. Des filets de notes, des arabesques, des serpents de triples croches semblaient flotter et s'accrocher dans l'air. J'entendais encore retentir les dernières mesures de la *Ballade en sol mineur* ; à peine mes mains eurent-elles quitté le clavier que je vis de nouveau le public se lever. Propulsée par une force titanesque, une vague d'applaudissements s'abattit sur moi, m'emporta sur les cimes d'une félicité nouvelle.

Tel était l'incroyable pouvoir de la musique ; elle faisait vibrer les hommes de bonheur et de douleur entremêlés, elle pénétrait l'âme et le cœur, les caressait, les abreuvait, les noyait comme seuls l'art, les nuits d'amour, la douceur du vin ou certaines drogues peuvent le faire…

Mes yeux balayèrent encore la masse mouvante de la foule. Brusquement, ils s'arrêtèrent net sur l'objet de mon observation : image stupéfiante, vérité inattendue !

Je n'entendis plus rien. Mes yeux se fixèrent sur un homme debout. Seul, horriblement seul. Il était en errance, perdu. Il n'était pas très loin de moi. Drapé dans un manteau sombre, il tenta de rester immobile, raide et droit, imperturbable.

Tout d'un coup, tel un bateau à la dérive, il se mit à tanguer. Il me regarda, s'appuya contre son voisin qui l'aida à se tenir debout. Un sourire radieux illumina son visage, le bleu de son regard me transperça. De sa personne émanait une puissance animale. Je le vis lever les bras, se mettre à applaudir, se joindre à la foule dans sa communion bienveillante. Son regard avait une drôle de lueur, comme un bouillonnement, un soulagement, un accomplissement… Comme s'il avait rempli sa mission.

Des larmes inondèrent son visage cireux et légèrement jaunâtre. Enfin, je compris ! Je sus, oui, je sus, je le reconnus !

Le bleu de son regard, ce bleu pastel de fleur fanée, c'était lui, je le savais !

Ce fragment de temps ne dura qu'une poignée de secondes. Mais celles-ci pesaient lourd, car elles portaient toute ma vie passée et à venir… J'aurais voulu le rejoindre, crier, hurler de colère et de tristesse. Il ne m'en laissa pas le temps. Je le vis s'effondrer dans les méandres du public, cruel et dévorant ! Subitement, l'énergie quitta mon corps et je me sentis emportée par un doux vertige.

XXI

Dans la solitude désespérée de ceux qui se sont adonnés aux pires excès, je me sentais vide, exténuée et, curieusement, alourdie par le poids d'un fardeau qui m'avait heurtée de plein fouet. Je somnolais, entourée de coussins, sous des draps et des couvertures. Mes paupières étaient scellées par les sables poisseux de la fin de la nuit et des lambeaux de cauchemars affluaient sous mes paupières. Les dernières mesures de la *Ballade en sol mineur* revenaient à mes oreilles, puis la vague d'applaudissements et tout à coup, je le vis, lui, Potocki ! Ses yeux puissants m'attiraient, m'effrayaient, me transperçaient ! Ses yeux cachés derrière des lunettes noires jusqu'à ce soir-là. D'un coup, ils se dévoilaient, brillaient, débordaient de larmes…

Soudain, il me sembla percevoir un soupir, une poitrine se soulever. Dans la pénombre de la chambre se dessina une forme assise à mes côtés. Qui était là, dans l'ombre ?

J'eus une peur panique. Une main se posa sur mon front, caressa ma joue, descendit le long de mon bras et s'empara de mes doigts, les serra puissamment. L'étreinte s'affaiblit puis reprit, les ongles s'enfoncèrent dans ma peau. Je compris que je devais me taire. Ma mère était assise auprès de moi. Elle balbutia quelques paroles hachées, s'interrompit et, comme une lame de fond surgie des profondeurs de l'océan, déversa un flot de paroles ininterrompu.

Elle se tenait à mes côtés, à genoux, elle avait pris ma main entre les siennes. Elle semblait prier, prête à la confession. Elle me demanda pardon et laissa enfin le passé jaillir, déchiqueter les fondations de mon existence.

« Oh, ma chérie ! C'est terrible ! Comment rouvrir les pages de ma vie, cadenassées par tant d'années de silence. Les fragments de ma mémoire sont désordonnés. Je ne sais plus où j'en suis. Le début... Oui, le début, c'est par là qu'il faut commencer. »

Je restai muette, épuisée. J'étais trop affaiblie pour prononcer le moindre mot. Ma mère n'avait pas lâché ma main, je sentais la douce chaleur des siennes se répandre dans mon corps. Entre ses soupirs et ses sanglots, je devinai peu à peu qu'elle gardait un secret en elle depuis longtemps.

Elle me parla d'une nuit d'été, à Paris, à l'époque où elle était encore une jeune femme. Il faisait chaud, terriblement chaud dans cette boîte de nuit survoltée, l'air était suffocant. Elle était accompagnée de ses trois fidèles amis du Conservatoire.

« Un certain Couturier, non, Couture, Jean-François. Il y avait également Paul Garnier et, enfin, Krystian Potocki... »

Elle avait été victime d'un malentendu. En sortant des toilettes, un homme l'avait prise pour une autre et l'avait emmenée de force dans la rue ; incapable de se défendre, elle s'était faite insulter et avait reçu un coup à l'abdomen. Se rendant compte de sa méprise, l'homme avait pris la fuite et l'avait laissée, hébétée, sous le regard indifférent de quelques passants.

Une petite heure plus tard, elle était redescendue dans la boîte de nuit pour rejoindre ses amis. Elle avait trouvé le courage de faire comme si de rien n'était. Un seul avait deviné son trouble, parce qu'il l'aimait et qu'il la connaissait parfaitement.

Lorsque, à la fin de la nuit, lasse et amollie par la chaleur et l'alcool, elle avait péniblement gravi les marches qui la menaient jusque chez elle, il n'avait pas hésité une seconde. Il l'avait rattrapée et saisie par les épaules devant sa porte d'entrée entrouverte. Dans les vapeurs d'alcool, il lui avait glissé des mots à l'oreille, des mots qu'il n'osait pas prononcer en français, il s'était mis à caresser délicatement sa nuque, puis l'avait étreinte plus fort, avait plongé sa bouche vers celle de la jeune femme et lui avait donné un baiser enflammé au goût de sucre et de vodka. Elle avait lâché prise.

À pas feutrés, tous deux s'étaient glissés dans sa chambre de jeune fille. Dans la griserie et la touffeur d'orage de cette nuit de juillet, leurs corps s'étaient peu à peu fondus l'un en l'autre.

Au petit matin, il s'était faufilé hors de la chambre sans faire de bruit, rêvant déjà à leurs prochaines étreintes clandestines.

À l'écoute de ce récit prononcé d'une traite, je sentis que la digue du secret s'était rompue. Ma mère poursuivit sur un ton naturel, comme si elle revivait cet événement lointain. Dans sa voix, je percevais des accents de sincérité mêlés aux étincelles d'un bonheur ancien, furtif, entaché du sceau de la honte et de l'interdit. Dans le demi-jour de la pièce, elle poursuivit :

« Sache que... tu es le fruit de l'amour, même si ce dernier était interdit ! Car nous aimer était malheureusement impossible. Ton père s'était engagé auprès de cette Natalia qui lui menait déjà la vie dure, mais qui avait de l'argent. Lorsque je lui ai annoncé que j'étais enceinte, il était trop tard, il venait de se fiancer... Et il y avait sa carrière. Je me suis résignée au silence. Personne ne saurait jamais rien du père de mon enfant, pas même ma mère, qui s'est montrée extraordinaire : éclaboussée par la honte et le scandale, elle m'a soutenue jusqu'au bout. Je me souviens du matin où elle a compris que j'étais enceinte... Elle m'a fait jurer de garder l'enfant, quel qu'en fût le prix. Sans elle, je n'aurais pas tenu le coup. Quant à ton père et moi, nous avons continué à nous aimer en secret. En un sens, c'était absurde ! Mais nous ne pouvions renoncer à notre amour. Il avait fait le serment de rester à nos côtés d'une manière ou d'une autre. Il s'y est tenu. Pas une semaine ne passait sans qu'il vienne te prendre dans ses bras, te bercer. Il t'aimait, il nous aimait toutes les deux ! Puis tu as grandi, il t'a donné tes premières leçons de piano. Tu étais une élève douée... La suite, tu la connais... Oh, ma chérie ! Lorsque, des années plus tard, tu as décidé d'interrompre tes études de piano, nous étions désespérés. Ton père encore plus que moi. Du jour au lendemain, il n'avait plus de raison valable de venir nous voir ni de prétexte pour nous fréquenter. Il t'a appelée plusieurs fois, tu t'en souviens peut-être, pour te convaincre de reprendre la musique... Tu ne voulais rien entendre. Il a sombré dans une profonde dépression. Il a décidé de quitter l'Europe deux ans plus tard, avec Natalia, et ils se sont installés à Boston, où il a dirigé l'Orchestre philharmonique pendant près de dix ans. On le réclamait désormais partout en Europe : Vienne, Londres, Berlin... Natalia avait cessé de jouer en orchestre pour donner des cours particuliers. Ils n'ont pas eu d'enfant. Il m'écrivait de temps à autre. Je l'aimais encore. Et puis un jour, je n'ai plus eu de nouvelles. Peu à peu, je l'ai oublié. Enfin, j'ai essayé. Quand tu m'as dit, il y a quelques mois, que Potocki s'installait dans ton immeuble, j'ai cru devenir folle ! Près de trente ans après... Comme moi, il était devenu vieux, et en plus aveugle, disais-tu ! Le passé nous rattrape tous un jour ou l'autre, n'est-ce pas ? Oh, ma petite fille ! Il nous a fauchés tous autant que nous sommes ! Pardonne-nous pour ces mensonges, ces dissimulations, cette lâcheté ! Si tu savais comme j'ai honte, tellement honte de moi, de nous… Je me sens méprisable ! L'amour et la bêtise nous aveuglent tant ! Je devais sauver l'honneur, les apparences. L'époque était pleine de préjugés rigides ! Tu peux nous maudire, nous détester, nous haïr, je comprendrais. Pardonne-moi, je t'en prie ! »

Elle se tut, accablée par la douleur de ses remords. Comment réagir face à un tel aveu ? Me taire ou hurler de rage ?

Potocki, mon père ? J'osais à peine prononcer son nom. C'était à peine croyable ! *Mon père* – ces mots, banalement répétés par des millions d'enfants, avaient soudain un sens.

L'espace d'une seconde, je m'abandonnai à une joie enfantine et répétai mentalement ces deux syllabes. J'ignorais ce qu'ils signifiaient. Voilà que je venais de découvrir que j'avais un père, un vrai, en chair et en os, vivant ! Il n'était plus un fantasme nébuleux, englouti sous les couches poussiéreuses d'un secret honteux. J'étais incapable de définir mes sentiments : tremblante de bonheur, ou sonnée par la douleur de plaies à nouveau béantes ?

Il me semble que nous passâmes la journée dans le silence et la pénombre de la chambre. Nous pleurions l'une contre l'autre. J'étais trop choquée, meurtrie et faible pour dire ma douleur.

À partir de ce moment, tout prit un autre relief, comme si je visitais l'envers d'un décor de théâtre. Les scènes de ma vie me semblèrent tout à coup mal jouées : tout sonnait faux, ressemblait à du carton-pâte, du toc… Je redécouvrais cet homme qui était mon père, que j'avais pris, toute ma vie, pour mon professeur de piano. Malgré moi, il demeurerait Potocki, celui qui m'avait menée au plus haut niveau, qui – je le comprenais enfin – m'avait aimée à sa façon, dans l'ombre et la clandestinité, usant de stratagèmes pour me voir, jusqu'à ce dernier soir où il s'était écroulé au milieu de la foule… Heureusement, les secours n'avaient pas mis longtemps à arriver.

À présent, j'avais peur pour lui. Je voulais savoir où il était, s'il s'était rétabli, je voulais tout savoir. Je me redressai et questionnai ma mère. Il était aux urgences, nous aurions bientôt de ses nouvelles.

Inlassablement, je songeais aux constructions, aux pilotis de mensonges que nous avions bâtis les uns et les autres. Pourquoi le mensonge était-il si naturel, si présent autour de moi ? Était-il un moyen de protection mentale pour supporter l'indicible ? J'avais voulu tromper, mais j'étais tombée dans le piège de mon père : voyant resurgir cet homme, je croyais le manipuler, alors même qu'il tirait les fils depuis le début. Partout, le non-dit, la tromperie, la dissimulation, depuis ma naissance jusqu'à aujourd'hui. Comme la vérité était cruelle !

Mon âme me paraissait obscure et trouble… À y réfléchir de plus près, le seul endroit de ma vie qui soit éclatant de vérité était le clavier de mon piano ! La *Ballade en sol mineur* ! Elle seule était ma planche de salut, au cœur de cet océan de duperies. Je pleurais tout ce qu'un corps peut pleurer.

XXII

Le lendemain, je descendis, chancelante, chez Potocki – chez mon père, devrais-je dire. Il m'était encore difficile de me faire à cette réalité.

Je frappai à la porte, car je savais qu'Agnieszka était là. Au bout de quelques minutes, n'obtenant pas de réponse, je frappai de nouveau. J'entendis enfin des pas fatigués glisser sur le parquet. La porte s'ouvrit, silencieusement, sur le bleu flétri des yeux d'Agnieszka. Son visage était pâle, presque argenté, comme la lune lorsqu'elle offre sa face blême et pleine. À cet instant, je sus qu'il ne serait pas nécessaire de dire quoi que ce soit. J'entraperçus les meubles de l'entrée recouverts de draps blancs froissés, comme jetés à la hâte.

– Il n'a pas souffert, m'affirma Agnieszka.

Puis, d'une main tremblante, elle me remit une enveloppe blanche sur laquelle mon prénom était inscrit à l'encre noire.

– Il a juste eu le temps de me dicter cette lettre pour vous. Il s'est éteint quelques minutes après.

J'ouvris l'enveloppe. Les mots se jetèrent sur moi.

« Mon Anna chérie,

Je savais que ce moment viendrait. Comme il m'est pénible de t'écrire quand je voudrais te serrer dans mes bras, te dire tant de choses, à l'heure où les minutes me sont comptées. Tu as compris, tu sais maintenant… Pardonne-nous, pardonne-moi. Tu me vois comme un homme misérable. Hier soir, tu m'as donné la plus belle joie de ma vie, tu as été toi-même : brillante, incroyable ! Si j'ai une certitude, c'est que tu as en toi la grâce et l'énergie. Laisse jaillir cette lumière. Surtout, n'aie pas peur ! Ose être toi-même, lance-toi ! L'illumination ne t'écrasera pas, au contraire, elle se répandra sur les autres et leur révélera leur propre lumière, celle que chacun possède. Qui serions-nous pour y renoncer ? Continue ce chemin, ma chérie, c'est l'un des seuls qui en vaille la peine.

Sache que tu fus présente chaque jour de ma vie et que tu le seras jusqu'à mon dernier souffle, celui qu'il me reste pour te dire que je t'aime. Même si les apparences et les faits sont trompeurs, sache aussi que je n'ai jamais cessé d'aimer ta mère. Je sais qu'il est difficile, peut-être impossible de démêler l'imbroglio que fut notre relation. L'amour n'est pas rationnel.

Je te presse contre mon vieux cœur et t'embrasse bien fort.

Ton père qui t'aime ».

XXIII

La vérité ayant éclaté de tous ses feux, un jour nouveau se fit entre ma mère et moi. Dans sa simplicité et son absurdité, cette révélation avait apporté une incroyable vague d'apaisement. Nous nous comprenions mieux, étions l'une et l'autre libérées du poids de ce secret enfin percé. Nous revisitions ensemble le passé à la lumière de cette vérité nouvelle : tout se reconstituait, s'emboîtait, comme les pièces retrouvées d'un puzzle. Dans tous mes souvenirs, l'ombre de mon père s'immisçait. Il était parmi nous comme un être vivant.

Je découvris qu'il avait suivi le moindre de mes faits et gestes, et ce depuis le début.

Je me surpris, un matin, à m'observer dans un miroir. Sous un nouvel angle, je tentai de déceler quels traits de mon visage ressemblaient à ceux de l'homme qui m'avait donné la vie. Étaient-ce son nez, ses pommettes ? J'avais les yeux vert clair de ma mère. Seraient-ce mes cheveux blonds tirant vers le roux ? Raides, fins et réputés impossibles à coiffer ? Le contour prononcé de mes mâchoires ? Je connaissais si peu de choses intimes de sa personne. J'étais incapable de trouver la moindre ressemblance. Mon caractère ? Comment savoir ? À qui m'adresser, sinon à ma mère ?

Malgré mon mieux-être, mon esprit tanguait entre le regret du temps perdu, les non-dits de chacun, nos mensonges et la chance d'avoir atteint ensemble un bonheur partagé. Secrètement, à la lumière de la vérité, je souhaitais la répétition des choses, le retour au passé. Quête vaine et naïve !

Qu'aurais-je donné pour revivre un instant volé, incontrôlé et incontrôlable, pour réparer erreurs et faux pas ? À quoi aurait ressemblé ma vie si, dès le départ, j'avais eu auprès de moi, non pas le fantôme de mon père mais l'homme bel et bien présent ? J'avais le désir de refaire un geste, d'ébaucher une caresse, de prononcer un mot, tu ou bredouillé. Fallait-il qu'une parole reste coincée dans la gorge parce que la pudeur, la honte, l'orgueil ou le poids du secret le commandaient ?

Que reste-t-il de la vie d'un homme, une fois que tout est fini ? Tout juste des souvenirs qui serrent la poitrine. Une fine poussière de chairs, un amas d'os ? À peine son image est-elle devant nos yeux que le souffle se fait court, le cœur s'alourdit d'un chagrin qui demeure accroché à ses tissus comme un hameçon dans la chair d'un poisson. J'avoue, malgré tout, que les poignards du regret me laminent. Mon esprit revisite inlassablement les cours sinueux du passé, même si au fond, rien ne changera.

J'ai saisi qu'il ne servirait à rien de crier et de me lamenter, je dois simplement poursuivre le chemin avec pour seul bagage la vérité à apprivoiser et à apprécier.

Je crois maintenant m'avancer vers une certitude : l'art est fait pour unir les hommes par-delà les âges et la mort. Le zal, dans sa quête de vérité absolue, me le rappelle régulièrement, car chaque jour me rapproche de l'instant où je serai, à mon tour, face au tourment de la nuit éternelle.

© 2013 Pearlbooksedition, B. Wettstein, Zurich
Tous droits de traduction, de reproduction et d'adaptation
réservés pour tous pays.

Relecture : Claire Reach
Mise en page : Atelierbuero H, Matteo Hofer, Berne
Photographie : © 2013 Alan Blaustein Photography
Impression : AZ Druck und Datentechnik GmbH, Kempten

ISBN 978-3-9523550-4-6

www.pearlbooksedition.ch